DU BON USAGE DES ÉTOILES

FINALISTE – PRIX LITTÉRAIRE DU GOUVERNEUR GÉNÉRAL

FINALISTE – PRIX DES LIBRAIRES DU QUÉBEC

FINALISTE – GRAND PRIX LITTÉRAIRE ARCHAMBAULT

« Dominique Fortier fait briller toutes les constellations
de son talent sidérant : sa culture éclectique,
son irrésistible fantaisie, son humour impertinent. [...]
Son premier roman est une étincelante galerie des glaces
où le passage du Nord-Ouest fait miroiter des rêves
de gloire qui seront fatalement brisés. »
L'actualité

« Avec son premier roman, Dominique Fortier
allume un phare destiné à briller longtemps
dans notre paysage québécois. »
Voir

Les larmes de saint Laurent, Alto, 2010

Dominique Fortier

Du bon usage des étoiles

Alto

Les Éditions Alto remercient de leur soutien financier
le Conseil des Arts du Canada et la Société de développement
des entreprises culturelles du Québec (SODEC).

Les Éditions Alto reconnaissent l'aide financière du gouvernement
du Canada par l'entremise du Fonds du livre du Canada
pour leurs activités d'édition.

Gouvernement du Québec – Programme de crédit d'impôt
pour l'édition de livres – Gestion SODEC.

ISBN : 978-2-923550-34-3

*Il y a de cela quelques années, une contro-
verse éclata chez les érudits quant à savoir si
l'eau salée était susceptible d'être soumise au
phénomène que l'on connaît sous le nom de
congélation. De doctes savants soutenaient
en effet, au mépris de la raison, que les eaux
nordiques devaient être à longueur d'année
tout à fait dépourvues de glace sous prétexte
que l'eau salée ne connaissait, par sa nature
même et en raison des éléments dont elle est
composée, que l'état liquide, et maints arguments frivoles et absurdes furent avancés
pour prouver l'impossibilité de la congélation
de l'eau de mer. Mais la question est dorénavant entièrement résolue ; et le phénomène
est confirmé à la fois grâce à de nombreuses
observations et à plusieurs expériences. Préci-
sons en outre que pour congeler une telle eau
de salinité ordinaire, dont la matière saline
constitue le trentième du poids, nul n'est besoin d'un froid extrême : il a été démontré
que ce processus a lieu au vingt-septième degré environ de l'échelle de monsieur Fahrenheit, soit quelque cinq degrés seulement sous
le point de congélation de l'eau douce.*

*Gardons-nous cependant de conclure hâ-
tivement de ce phénomène, comme plusieurs
ont été tentés de le faire, qu'une mer Polaire
exempte de glace ne saurait exister. Une multitude de preuves attestent au contraire de la
présence d'une telle étendue d'eau au pôle
Nord, dont nous nous bornerons à citer les*

plus évidentes et les plus irréfutables : comme il est communément admis que la glace ne se forme qu'à proximité du littoral, qu'il s'agisse de celui du continent ou d'îles, et qu'on ne trouve nulles semblables terres ni au pôle ni dans les environs d'icelui ; comme le soleil arctique brille pendant quelque vingt heures par jour durant l'été, ce qui est largement suffisant pour faire fondre toute banquise qui se serait formée au cours des mois d'hiver ; comme maints navires enfin ont pu naviguer en eaux libres à des latitudes élevées tandis que leur progrès avait été entravé par des icebergs, des bourguignons et de la glace flottante à des latitudes beaucoup plus méridionales, on ne peut qu'en conclure que le pôle Nord est en toutes saisons entouré d'une mer absolument libre de glace et, par conséquent, aisément navigable.

Argo Navis

Le soleil brillait en ce 19 mai 1845 alors que l'*Erebus* et le *Terror* s'apprêtaient à appareiller de Greenhithe, leurs reflets tremblant sur les eaux verdâtres du port où flottaient guirlandes, poignées de riz et petits poissons morts. Pas moins de dix mille personnes se massaient sur les quais pour assister au départ de sir John Franklin, héros de l'Arctique, qui repartait à la conquête du mythique passage du Nord-Ouest, toujours pour la plus grande gloire de l'Empire. Sur le pont de l'*Erebus,* en habit d'apparat, l'explorateur agitait un mouchoir coloré afin que son épouse Jane, lady Franklin, puisse facilement le distinguer au milieu de ses inférieurs qui secouaient, eux, des mouchoirs de soie noirs. Une fanfare entonna les premières mesures de «God Save the Queen», dont les accords se mêlèrent aux acclamations et aux adieux; l'émotion touchait à son comble. On aurait cru, comme le rapporta le lendemain un fin observateur dans la gazette, que l'Angleterre célébrait le retour triomphal de l'explorateur plutôt que son départ. Une colombe traversa un pan de ciel d'un coup d'aile paresseux et vint se poser sur le mât du *Terror,* observant toute cette agitation la tête un peu penchée de côté, avant de s'installer confortablement, comme pour y couver un œuf. On s'accorda à y voir un heureux présage.

Puis les navires s'ébranlèrent, poussifs, et partirent à l'assaut des mers inconnues. Les spectateurs rentrèrent chez eux. Le héros de l'Arctique, qui se remettait difficilement d'une vilaine grippe, descendit dans sa cabine où il ne tarda pas à s'assoupir après avoir bu un peu de thé. Bientôt matelots, aides et officiers des deux navires eurent regagné leurs postes respectifs et il ne resta plus sur le pont du *Terror* que Francis Crozier, second de l'expédition et commandant dudit navire, qui regardait droit derrière le sillage en V laissé dans l'eau. Entendant un bruit sourd derrière lui sur le pont, il se retourna et faillit mettre le pied sur la colombe qui avait dégringolé du mât. Il saisit une aile entre le pouce et l'index : encore tiède, l'oiseau mou le fixait de son œil rond. Crozier le balança à la mer sans plus de cérémonie. Neptune, le chien du chirurgien, un mélange assez disgracieux de beagle et de lévrier, fit mine un instant de vouloir plonger à sa suite, mais, se ravisant, choisit plutôt de tourner en rond trois fois avant de se coucher sur le pont et de laisser échapper un pet sonore.

25 mai 1845

Une semaine à peine s'est écoulée depuis que nous avons levé l'ancre et le pays que j'ai quitté me semble plus lointain que la Lune et les étoiles au-dessus de nos têtes, toujours les mêmes et toujours différentes.

La mer est calme et les navires sont sûrs. Le *Terror* est mon plus vieil ami, mon seul ami, peut-être, dans ce voyage où je ne peux compter sur la présence de Ross avec qui j'ai franchi les frontières de l'Antarctique et entre les mains de qui j'aurais accepté sans hésiter de mettre ma vie encore une fois. En vain j'ai insisté pour que nous ayons à bord quelques-uns de ces baleiniers qui connaissent mieux que n'importe quel lieutenant de la marine britannique les eaux traîtresses de l'Arctique, braves hommes auxquels on doit la plupart des découvertes de ce pays de glace. Malheureusement, l'équipage constitué par Fitzjames est à l'image de celui qui l'a choisi : élégant, enthousiaste, sûr de lui, mais cruellement dénué d'expérience. Parmi les vingt et un officiers – au service exclusif desquels on compte pas moins de huit hommes, lesquels, je l'espère, ne rechigneront pas le moment venu à retirer leurs gants blancs pour briquer le pont ou carguer les voiles –, il n'en est pas un, hormis sir John, les deux maîtres de glace et moi-même, qui se soit déjà aventuré dans l'un ou l'autre des cercles polaires. Les plus curieux ne connaissent l'Arctique, Dieu ait pitié de nous, que par ce qu'ils en ont lu dans les récits de Parry et de Franklin, dont ils récitent des passages avec la même ferveur que s'il s'agissait de versets de l'Évangile. Ils sont excités comme des écoliers qu'on amène au cirque.

Une semaine à peine et j'ai dû aller dîner trois fois à bord de l'*Erebus,* sir John semblant croire qu'il entre dans ses devoirs d'organiser des soupers fins et de veiller à ce que ses officiers ne s'ennuient point. Il me fait envoyer au matin de petites cartes où il est inscrit en lettres soignées que « sir John Franklin, capitaine de l'*Erebus,* requiert l'honneur de la présence à sa table de Francis Crozier, capitaine du *Terror*», comme si je risquais de le confondre avec le commandant de quelque autre navire et de me présenter par erreur sur un bateau où je ne serais pas attendu. Les hommes qui doivent lui rapporter ma réponse patientent, trempés, l'air un peu ahuri devant ces salamalecs, tandis que je retourne le carton pour y tracer ma réponse, après quoi ils reprennent la mer afin d'aller livrer le précieux bout de papier. Il faudra que je songe à informer les vigies de convenir d'un code pour éviter ces équipées qui transforment inutilement nos matelots en garçons de poste.

On fait bonne chère sur l'*Erebus*; cinq bœufs qui nous accompagnaient à bord du *Baretto Junior,* le navire de ravitaillement, ont été sacrifiés en une véritable hécatombe et accommodés à différentes sauces. Hier, nous avons eu un fort bon rôti de côtes, suivi d'une sole à la meunière, de carottes et de pommes de terre au beurre et d'un flan aux petits fruits, le tout servi dans l'argenterie frappée aux armes ou au monogramme de chacun. On ne pousse pas le ridicule jusqu'à exiger que j'apporte mes propres couverts, mais je mange dans ceux de sir John, qui a apparemment emporté plus que le strict nécessaire.

On devise gaiement du voyage qui s'amorce, comme s'il s'agissait d'une excursion de chasse à courre, bien que je doute que la majorité de ces messieurs aient jamais tué gibier plus redoutable qu'une perdrix ou, à la rigueur, un renard. La plupart nourrissent, comme DesVœux, une admiration sans borne pour sir John, *le héros de l'Arctique,* dont le récit des hauts faits a bercé leur enfance, *l'homme qui a mangé ses souliers* et, contre toute attente, réussi à survivre seul dans une nature sauvage et hostile.

À voir cette joyeuse assemblée qui fait bombance, les valets qui servent et emportent les plats sous des cloches d'argent, les vins qui accompagnent chaque nouveau mets, on se croirait à un souper chez un gentilhomme de campagne dont le cheptel a connu une année particulièrement productive ou qui vient de marier sa fille. À cela près qu'il n'y a nulle dame parmi l'assemblée – mais il est vrai qu'elles se retirent de toute façon dès la dernière bouchée avalée pour laisser ces messieurs fumer leurs cigares et siroter leur porto – et que les chandeliers sont solidement fixés sur la table où des gobelets d'argent remplacent les verres de cristal. Sans oublier, bien sûr, qu'une fois les réjouissances terminées, plutôt que de demander qu'on avance ma carriole, je fais appeler les rameurs qui, au terme d'un voyage qui peut prendre jusqu'à deux heures sur les rouleaux de l'Atlantique, me ramèneront chez moi, sur le *Terror,* qui est, au fond, la seule maison que j'aie jamais eue.

4 juin 1845

Ce matin, j'ai découvert que mon stock personnel de tabac et de thé, que je croyais n'avoir jamais été livré, a plutôt été porté à bord de l'*Erebus,* dans la cabine de Fitzjames, que je sais n'avoir rien à se reprocher puisqu'il n'a de cesse de claironner que quelque ami inconnu a jugé bon de lui faire un cadeau inattendu à l'occasion de son départ. Il ne me déplairait point de le détromper, mais cela serait du dernier ridicule que d'aller pinailler comme une poissonnière pour quelques kilos de thé. J'ai suffisamment subi de ridicules aux mains de Fitzjames, le plus souvent à son insu et sans même qu'il l'ait cherché, ce qui ne fait que rendre l'insulte plus amère encore. Reste que Fortnum et Mason ne s'étant pas trompés sur la cabine où ils devaient faire porter leur facture, j'ai réglé sans y regarder par deux fois les provisions de cet animal qui n'en a toujours aucune idée et croit dur comme fer au présent d'un admirateur – ou, plus vraisemblablement, d'une admiratrice.

J'ai bien peur que l'humeur à bord du *Terror* ne soit pas aussi euphorique que sur l'*Erebus* où, si je me fie à ce qu'on m'en a dit, « on entend des rires du matin au soir ». Je dois avouer que je n'ai encore jamais eu le plaisir d'être témoin d'une telle chose sur un navire, mais, qui sait, peut-être sir John possède-t-il des talents d'amuseur insoupçonnés? À moins que cette allégresse ne soit imputable à Fitzjames, dont la physionomie transpire la joie et la confiance.

Si mon vaisseau ne retentit pas de rires à longueur de journée, je suis néanmoins assez satisfait des officiers qui ont pour tâche de me seconder, lesquels semblent bien me le rendre.

Edward Little, mon lieutenant, est un homme sérieux, quoique de peu d'expérience. Il n'est guère disert, et nous ne ressentons ni l'un ni l'autre le besoin de meubler nos silences de bavardages inutiles. Il me semble posé et réfléchi, et sait se montrer ferme sans manifester de mépris ou de dureté envers les hommes. Par ailleurs, il ne tente pas de s'en faire des amis – tentation à laquelle j'ai vu Fitzjames céder dès le lendemain du départ, quand il s'est promené parmi les matelots de l'*Erebus* pour leur offrir du tabac (*mon* tabac!) en plus de leur ration quotidienne – et sait qu'il vaut mieux être respecté qu'aimé, ou craint.

John Peddie et Alexander MacDonald, respectivement chirurgien et aide-chirurgien, font une curieuse paire, le second étant aussi long et mince que le premier est petit et râblé; ils ressemblent à ces illustrations qui représentent Don Quichotte de la Manche et son fidèle Sancho, mais en quelque sorte renversées, puisque c'est Sancho qui donne ici les instructions à l'ingénieux hidalgo. Ces instructions sont par ailleurs peu nombreuses, car l'assistant connaît manifestement son affaire et n'a guère besoin qu'on le ramène à l'ordre. Il fait tous les jours une tournée afin de s'informer de la santé des hommes, consignant dans un petit calepin diverses observations dont il discute ensuite avec Peddie, sans avoir jusqu'à maintenant senti le besoin de m'instruire du fruit de ces conversations. J'en déduis que tout le monde est en bonne santé. Peddie quant à lui passe le plus clair de son temps dans sa cabine où il a aménagé un minuscule laboratoire encombré de fioles et de flacons qui me semblent bien fragiles pour survivre à un voyage tel que celui que nous entreprenons. Il y mêle poudres et liqueurs afin, m'a-t-il dit, de fabriquer des remèdes connus de lui seul et souverains contre le scorbut et les migraines, entre autres. Ces concoctions viendront enrichir la pharmacie bien garnie qu'il a assemblée avant le départ, et qui compte, outre l'opium, le laudanum et la morphine utilisés contre la douleur, le camphre et la cocaïne réputés pour leur action stimulante, les inoffensives huile de ricin et teinture de lobélie, tous remèdes que l'on trouve couramment à bord des navires devant effectuer de longues expéditions, des substances dont je n'avais encore jamais entendu parler, notamment du calomel et de la poudre de mandragore, dont les propriétés, bien que mal connues encore, laissent présager, dit-il, de multiples utilités. Il m'a confié nourrir une véritable passion pour la botanique, et être impatient d'entamer la composition d'un herbier de simples de l'Arctique. Je l'ai prévenu qu'il risquait fort d'être déçu, puisque nous arriverons probablement dans le détroit de Lancaster au moment où toute végétation disparaît, mais il m'assure qu'il suffit de savoir regarder pour trouver de la vie là où un œil peu exercé ne verrait que désolation. Il est vrai toutefois qu'il n'a jamais voyagé plus au nord que le soixantième parallèle.

7 juin 1845

Nous avançons bien, les vents sont favorables. Que dire de plus, sinon que chaque minute qui m'éloigne davantage d'elle est souffrance.

Nouveau souper à bord de l'*Erebus,* où il a fallu ce soir plus d'une heure pour me rendre et autant pour en revenir une fois le café, le porto et le brandy dûment avalés. Comme la mer s'était levée pendant le repas, les rameurs ont dû redoubler d'efforts pour nous ramener à bon port, et nous étions tous trempés des pieds à la tête et grelottants en remontant à bord du *Terror.* Je leur ai fait servir un grog chaud, qui a semblé les rasséréner. Pour ma part, il faudra davantage pour m'apaiser.

La conversation a d'abord roulé sur diverses questions de peu d'importance, la politique du pays quitté depuis si peu longtemps qu'on se croit encore mystérieusement lié à lui, des connaissances communes dont on n'a pas fini de se demander des nouvelles,

nouvelles qu'on répétera probablement *ad nauseam* pendant les deux années à venir quand on se sentira l'âme à la nostalgie, en les agrémentant, selon l'humeur, de nouveaux détails, réels ou inventés, jusqu'à ne plus pouvoir distinguer ceux-ci de ceux-là. Puis on aborde des sujets qui intéressent tout le monde, et sur lesquels chacun a son mot à dire : l'électricité, le magnétisme et, plus prosaïquement, les améliorations apportées aux deux navires pour leur permettre de passer plusieurs hivers dans les eaux de l'Arctique, traîtreusement semées d'icebergs, où des morceaux de banquise errants entravent au matin le passage qui était libre la veille.

Sir John énumère ces prodiges techniques sans se lasser, comme il ferait admirer la robe d'un cheval neuf ou la marqueterie d'un secrétaire : « Avec le chauffage central, se plaît-il à répéter, grâce auquel le charbon qui sert à alimenter nos chaudières aura un double usage, nous serons aussi douillettement installés que dans les maisons les plus modernes de Park Lane.

— J'ai pu voir ces chaudières, intervient DesVœux, tandis qu'on installait dans la cale les locomotives qu'elles avaient pour mission de propulser. Imaginez, si elles suffisaient à tirer des dizaines de wagons, comme elles se riront de la glace qui prétend les arrêter.

— Dans le cercle polaire, la glace fait parfois plusieurs dizaines de pieds d'épais, fais-je remarquer pour l'avoir souvent observé. Douze locomotives ne suffiraient pas à la briser en ces endroits, et elle peut broyer la coque d'un navire aussi facilement que vous écraseriez entre vos doigts la coquille d'un œuf. »

Il me regarde un instant sans répondre, comme si j'avais eu l'intention de lui être désagréable ou de lui manquer de respect. Puis sir John reprend, d'un ton qui n'a rien perdu de son enthousiasme : « Raison pour laquelle la proue du *Terror* et celle de l'*Erebus* ont été renforcées d'acier trempé. Avec votre connaissance des eaux glaciales, nous trouverons bien, mon cher Crozier, un mouillage où nous ne risquons point d'être sur le chemin de ces morceaux de banquise redoutables. »

Et il lève son verre d'un geste débonnaire qui pourrait bien signifier qu'il nous pardonne, la banquise et moi, d'être de tels rabat-joie.

10 juin 1845

Tandis que nous poursuivons notre traversée de l'Atlantique, étonnamment calme pour cette période de l'année, je me souviens de ces navigateurs d'hier terrorisés à l'idée d'atteindre un jour le bout de la Terre et de sombrer dans le vide, et qui pourtant s'aventuraient dans des eaux inconnues, poussés par quelque soif de découverte qui tenaille l'être humain depuis la nuit des temps, par quelque besoin de braver l'inconnu, d'élucider le mystère de ce qui échappe insolemment à la compréhension ou à la maîtrise de l'homme, désir auquel visent sans doute à répondre toute science et toute religion.

Quant à moi, je suis allé au bout de la Terre, j'ai basculé dans ce vide où il n'y a ni monstres marins ni poulpes géants ni sirènes ni même Dieu ; je n'ai trouvé que la nuit dans cet abîme, et c'est sans doute, de toutes les découvertes, la plus terrible.

10 juin 1845
47° 54' N 24° 56' O
Vents de 20 nœuds

Terror *et* Erebus *ont levé l'ancre du Port de Greenhithe le 20 Mai pour un Voyage entrepris par ordre de l'Amirauté dans le but de découvrir et de naviguer un Passage menant de l'Océan Atlantique à celui Pacifique. 129 hommes à bord des 2 Navires. Les pages qui suivent sont le Journal de bord du capitaine sir John Franklin, Commandant en chef de l'Expédition.*

Satisfait, sir John relut ce qu'il venait d'écrire sans trop se soucier de l'orthographe ou de la grammaire, qui l'avaient toujours passablement ennuyé, mais en y allant de sa plus belle calligraphie. Cela lui semblait une entrée en matière tout à fait convenable, qui se comparait avantageusement à celle des récits de Parry, de Ross et de tous les autres explorateurs qui avaient – malheureusement – échoué là où il entendait bien réussir. Il regrettait certes un peu d'avoir si longtemps attendu avant de prendre la plume, mais il avait été par trop occupé, et puis, leur spectaculaire départ excepté, rien ne s'était encore produit qui méritât qu'on le consignât.

Il avait longuement discuté avec sa femme de la teneur de ce journal de bord qui deviendrait vraisemblablement un document précieux pour les géographes, marins, commerçants, militaires et scientifiques contemporains aussi bien que pour la postérité. Il était tombé d'accord avec lady Jane pour employer un style concis et se contenter de livrer les informations factuelles les plus précises possible. Comme le lui avait judicieusement fait remarquer son épouse, mieux valait s'en tenir à l'essentiel, sans vouloir rechercher l'effet : les récits d'exploration étaient trop souvent enjolivés d'une poésie mal à propos qui, loin d'en enrichir le contenu, pouvait donner lieu à de multiples interprétations – ce qui, comme elle l'avait signalé, était susceptible en matière de navigation de se solder par une catastrophe. De toute manière, dès son retour, lady Jane reprendrait le texte pour le polir phrase par phrase, comme elle avait l'habitude de le faire pour les missives que rédigeait son mari et, avec l'accord de celui-ci, elle donnerait au document ce souffle et cette envergure auxquels on reconnaît les récits des grands découvreurs. Par ailleurs, elle avait recommandé à sir John d'encourager ses hommes à tenir eux aussi des journaux de bord, et à recueillir ces derniers au retour de l'expédition afin de s'en servir pour étayer le sien, technique qu'il avait déjà utilisée pour la rédaction de sa moitié des *Deux voyages entrepris par ordre du gouvernement anglais ; l'un par Terre, dirigé par le capitaine Franklin ; l'autre par Mer, sous les ordres du capitaine Parry, pour la découverte d'un passage de l'Océan Atlantique dans la Mer Pacifique,* et qui avait connu un tel retentissement.

Sir John relut une deuxième fois les mots qu'il avait tracés et il éternua, ce qui fit un petit pâté sur la page. Il songea à retranscrire le tout sur une nouvelle feuille, mais se dit qu'on ne pouvait, que diable, s'attendre à ce qu'un journal rédigé en haute mer, dans des conditions souvent pénibles, voire au milieu d'intempéries redoutables, soit aussi propre qu'une lettre qu'on écrit tranquillement chez soi les pieds devant l'âtre. Il reposa sa plume et fit craquer ses doigts.

Peu après le départ de sir John, Jane partit à son tour, pour la France, accompagnée de son père voûté et chenu, de Fanny, sa sœur préférée, de sa nièce Sophia et de sa belle-fille Eleanor, dont les docteurs avaient assuré qu'un climat chaud et sec lui serait bénéfique. La santé de la jeune fille ne sembla cependant guère s'améliorer, quoique, certains jours, lady Jane mît ses divers malaises au compte de la neurasthénie ou d'une nature par trop lymphatique plutôt que sur celui d'une véritable faiblesse de constitution. Elle incita donc Eleanor à suivre son exemple et à pratiquer la marche rapide, la força à se baigner dans la mer glaciale au petit matin, lui imposa un régime de viande rouge crue, pour constater que rien de tout cela n'avait le moindre résultat. Dès lors, ses ressources momentanément épuisées, son intérêt émoussé, elle laissa tomber la question et se borna à transporter sa belle-fille, comme s'il se fût agi d'une valise encombrante, d'un endroit à l'autre selon les vagues recommandations du médecin.

Laissant le plus souvent son père et la jeune fille à l'hôtel, où ils s'adonnaient à la lecture et à de petites promenades dans le voisinage qui leur permettaient de rentrer à temps pour le déjeuner, Jane partait à l'aube en compagnie d'une Sophia ravie et d'une

Fanny nettement moins enthousiaste. Les trois femmes, en robes longues et dentelles mais chaussées de solides souliers de marche et ayant troqué l'ombrelle pour le bâton du randonneur, arpentèrent la baie du Mont-Saint-Michel où la marée avançait «plus vite qu'un cheval au galop», sillonnèrent les parcs giboyeux entourant le château de Chambord, parcoururent les murailles de Carcassonne et explorèrent les falaises ocre qui faisaient la renommée du Roussillon (dont Sophia rapporta des couleurs qui, sur la toile, lui rappelèrent pendant des années cet heureux voyage). Fidèle à son habitude, lady Jane traînait partout avec elle un carnet où elle notait méthodiquement les conditions atmosphériques, la situation géographique du monument ou du phénomène naturel au menu de la journée, de même que les réflexions que lui inspirait sa visite.

Ces dames rentraient à la fin du jour, parfois fort avant dans la soirée, et s'attablaient en compagnie d'Eleanor et de Mr. Griffin pour dévorer ce qu'on posait devant elles et raconter aux deux sédentaires les merveilles découvertes en leur absence.

Un soir, à Perpignan, un Américain qui les entendait converser en anglais quitta la table où il dînait seul pour venir se présenter : Mr. Simonton était un industriel de Nouvelle-Angleterre venu en France acheter les œuvres d'art qui orneraient les murs de la demeure qu'il faisait construire pour sa jeune épouse au Rhode Island. Quand Mr. Griffin présenta l'aînée de ses filles, l'Américain s'enquit, plein d'intérêt : «Franklin, vous dites?

Mais peut-être êtes-vous parente avec feu Benjamin Franklin, mon illustre compatriote dont sans doute vous n'ignorez pas les exploits?»

Vexée pour plusieurs raisons, dont la moindre n'était pas que l'on puisse spontanément songer, à la mention du nom «Franklin», à un homme du peuple américain – fût-il un inventeur de génie – plutôt qu'à son explorateur de mari, lady Jane répondit sèchement qu'elle n'avait pas cet honneur, et ignora par la suite les interrogations de l'Américain qui n'insista pas et entreprit de faire une cour assez tapageuse à Fanny et à Sophia.

Les voyageurs quittèrent la France peu après, Mr. Griffin pour rentrer en Angleterre accompagné d'Eleanor, qui habiterait chez ses grands-parents pour les mois à venir, et Jane, Fanny et Sophia pour le Portugal, où lady Franklin était curieuse de visiter des monastères gothiques au sujet desquels elle avait beaucoup lu.

Le soir, alors que, fourbue par les excursions de la journée, elle était comme suspendue entre l'éveil et le sommeil, un souvenir, quoique insignifiant, revenait la hanter. C'était par une fin d'après-midi, quelques jours seulement avant le départ de sir John. Par les fenêtres entraient des épées de lumière qui traçaient des lignes obliques sur le tapis persan. Le boudoir était plongé dans la pénombre, un feu brûlait dans la cheminée, la pièce baignait dans la tiédeur du jour qui meurt et le parfum du thé au jasmin. Assise à son secrétaire en marqueterie, lady Jane était occupée à rayer d'une main assurée divers items d'une liste qui faisait plusieurs pages. Sir John était affalé sur un sofa, yeux clos, jambes écartées, bouche ouverte. Il ronflait faiblement, laissait parfois échapper quelques paroles incohérentes, ou se mettait à frissonner brièvement. La bouillotte qu'on lui avait apportée gisait à ses pieds, où Athéna, la chatte, s'était installée confortablement.

Alice était entrée, servante entre deux âges qui, jadis au service du père de lady Franklin, avait suivi celle-ci après son mariage. Elle portait un ensemble de couverts d'argent minutieusement astiqués. Lady Jane les avait examinés un à un, se mirant dans la lame des couteaux, contemplant un instant le reflet sens dessus dessous de la pièce dans une cuiller, avant de désigner d'un geste de la main une boîte de bois déjà remplie aux trois quarts de divers effets personnels que son mari devait apporter à bord de l'*Erebus,* où, comme il était hors de question d'utiliser du verre ou de la porcelaine, les officiers devaient fournir eux-mêmes leurs couverts et leurs ustensiles s'ils ne voulaient pas manger dans des écuelles de bois. Bien évidemment, Jane n'avait pas choisi pour ce voyage au pôle Nord l'argenterie la plus coûteuse, mais elle ne voulait pas non plus que son époux fasse piètre figure auprès de ses officiers, dont certains venaient d'excellentes familles. Il emporterait donc l'argenterie non pas des jours de fête, mais des dimanches, ornée d'une tête de poisson couronnée d'une guirlande de feuilles et frappée de son monogramme qui commençait à s'effacer sur certaines des pièces les plus souvent utilisées.

Après avoir compulsé sa liste une dernière fois, elle était venue s'asseoir à côté de sir John qui s'était éveillé à demi et avait grommelé quelque chose avant de replonger dans son sommeil agité. Il était pâle, son front était moite, et il semblait avoir froid. Lady Jane avait envisagé un instant la bouillotte sur laquelle se prélassait Athéna, puis, se ravisant, elle avait pris un drapeau de l'Angleterre brodé des initiales de son mari qui se trouvait, soigneusement plié, dans la boîte contenant les couverts d'argent. Prenant garde de ne pas réveiller son époux, elle l'avait couvert des épaules aux chevilles du pavillon bleu, blanc, rouge qui montait et descendait suivant le rythme de sa respiration sifflante.

La chatte s'était presque aussitôt levée paresseusement, et avait traversé le tapis pour sauter d'un bond souple dans le coffre où avait été déposée l'argenterie, déclenchant un tonnerre métallique. Sir John s'était réveillé en sursaut et, trouvant ses mouvements entravés par le pavillon dans lequel il avait été emmailloté, avait tenté quelques secondes de s'en défaire sans savoir de quoi il s'agissait, comme un papillon lutte maladroitement pour écarter les fils du cocon qui le retient prisonnier. Puis, comprenant enfin quelle était cette enveloppe qui gênait ses mouvements, il avait poussé un faible cri et soufflé à sa femme :

« Ah, malheureuse ! Vous ne savez donc pas ce que l'on enveloppe dans les drapeaux, en mer ? »

Elle avait montré peu d'émotion. Elle s'était contentée de replier l'Union Jack et, comme Alice entrait en portant une pile de livres, de demander que l'on allume, car le soleil avait disparu et la pièce s'emplissait d'ombre.

En revoyant la scène presque en rêve, alors qu'elle était désormais seule dans une chambre inconnue, lady Jane éprouvait un inexplicable malaise.

24 juin 1845

Pour la première fois depuis ces quelque trente-cinq années où je passe le plus clair de mon temps sur l'eau, ne redescendant à terre que le temps de me ravitailler avant de lever l'ancre de nouveau, et le plus tôt possible, ce départ me semble avoir quelque chose d'absolu. Je ne pars plus *vers* quelque chose comme je l'ai fait tant de fois, le cœur battant, l'esprit enflammé à la pensée de découvrir une partie de notre monde que personne jusque-là n'avait aperçue ; je quitte quelque chose, je laisse derrière moi Sophia, dont j'aurais voulu qu'elle soit ma femme, ma maison et mon pays, et dont je sais qu'elle ne sera jamais à moi comme elle refusera toujours que je sois à elle. Je ne vais vers rien, je fuis, voilà tout. J'ignore donc le véritable but de mon voyage, puisqu'il ne s'agit pas tant, pour moi, de découvrir ce passage du Nord-Ouest dont on fait tant de cas depuis des dizaines d'années que de rentrer à la maison l'ayant découvert, détenteur de ce secret résolu, qui désormais n'en serait plus un. Or je n'ai personne à qui présenter mon succès comme Neptune vient fièrement déposer à nos pieds la dépouille de quelque oiseau de mer trop malingre ou trop abîmé pour être salé et qu'il s'imagine avoir chassé. À quoi bon rentrer en héros si elle n'a d'yeux que pour un autre ?

8 juillet 1845

Nous avons aperçu avant-hier nos premiers icebergs et en sommes aujourd'hui entourés de toutes parts comme dans quelque féerie. On ne s'habitue pas à un tel paysage. Les montagnes de glace aux reflets d'un bleu, vert, turquoise minéral, s'élèvent vers le ciel comme des cathédrales de neige. Ces masses auprès desquelles nos navires semblent lilliputiens ont au soleil un éclat presque surnaturel; on les dirait sorties d'une peinture représentant la surface d'une planète inconnue, ou du rêve d'un fou. Elles sont cependant aussi dangereuses que magnifiques car, comme les hommes, elles ont pour particularité de cacher dans les profondeurs invisibles la plus grande part d'elles-mêmes, aussi faut-il naviguer autour de ces géantes de neige lentement et avec une grande prudence. La brume, qui ne se lève pas depuis deux jours, rend la navigation plus difficile encore en enveloppant ces titans silencieux d'une chape blanche et fantomatique.

Au large croisent un groupe de baleines, au moins six ou sept, qui forment une lointaine escorte pour les navires dont elles suivent le cours. L'une ou deux d'entre elles s'approchent parfois suffisamment pour que l'on voie s'élever un jet de vapeur qu'accompagne un formidable chuintement. Elles nous offrent de loin en loin le spectacle de leur queue en éventail, qui se découpe un instant sur l'horizon telle une aile immense et noire avant de retomber en projetant des gerbes d'eau.

Nous sommes bel et bien dans l'Arctique.

14 août 1845

Nous avons laissé derrière nous le *Barretto Junior* le 12 juillet ; les hommes ont confié au commandant les ultimes lettres destinées à leur femme, à leur fiancée, à leur famille. J'ai pour ma part adressé une brève missive à Ross, dans laquelle je me suis efforcé de n'être pas trop ennuyeux, mais où je n'ai pu m'empêcher de lui redire combien je préférerais servir de nouveau sous ses ordres plutôt que sous ceux de sir John. Optimiste, celui-ci a recommandé au capitaine du *Barretto* de prévenir les familles d'adresser leur correspondance au port de Petropavlosk, sur la péninsule russe du Kamchatka, promettant qu'il viendrait l'y chercher à la sortie du Passage. Après cette date, nous n'avons plus vu âme qui vive à l'exception des équipages du *Prince of Wales* et de l'*Enterprise,* deux baleiniers apparus alors que les hommes abattaient par centaines des oiseaux dont la chair coriace, mise à saler, nous changera du bœuf et du porc des conserves de messire Goldner.

On m'a rapporté que sir John avait pris plaisir à faire visiter le *Terror* au capitaine Robert Martin, lequel se serait fort émerveillé de l'ingéniosité des moteurs du navire. On m'a aussi rapporté, mais j'ignore si je dois le croire, que Franklin l'aurait assuré que nous emportions suffisamment de provisions pour cinq ans, et que nous pourrions étirer nos réserves jusqu'à sept ans, s'il le fallait.

Quelque grossière qu'ait été cette exagération (à supposer qu'elle ait bien été prononcée), au rythme où nous allons, nous serons rentrés longtemps avant que nos réserves ne soient épuisées. Nous n'avons mis qu'un mois à franchir la baie de Baffin, après quoi, conformément aux ordres de sir Barrow, nous avons remonté le détroit de Lancaster sur les traces de l'expédition menée par Parry, pour atteindre à la mer polaire ouverte. N'ayant pu poursuivre plus loin que le cap Walker en raison de la glace, nous avons mis le cap vers le nord en direction du canal Wellington, jusqu'à ce que la banquise, là aussi, nous bloque la route. En quelques mois à peine, nous n'en avions pas moins atteint 77 degrés de latitude nord, ce qui n'est pas un mince exploit. Je dois avouer que mes craintes quant à la compétence de sir John étaient peut-être mal fondées ; il s'est véritablement attaché tous les membres d'équipage et, jusqu'à maintenant, nous a fort bien guidés.

Le moral est toujours au plus haut, et l'on jurerait que l'on s'apprête à rentrer au port, notre mission accomplie.

Instructions de sir John Barrow à sir John Franklin

En arrivant en mer, vous devez en premier lieu procéder par la route qui, selon le vent et la température, vous semblera la plus appropriée pour atteindre rapidement le détroit de Davis, en vous faisant escorter par le navire de transport aussi loin dans le détroit qu'il vous sera possible de le faire sans vous trouver entravés par la glace, et en prenant soin de ne pas mettre en danger ce vaisseau en le laissant devenir prisonnier de la glace ou entrer en contact violent avec elle. Vous profiterez ensuite de la première occasion pour délester le navire de transport des provisions et réserves dont il est chargé pour l'usage de l'expédition, et vous le renverrez en Angleterre, en remettant à l'agent ou au commandant les instructions qui vous sembleront les plus pertinentes pour le guider, et en rapportant par ce même moyen votre progression au secrétaire pour notre information. Vous entreprendrez ensuite d'exécuter vos ordres dans la baie de Baffin, et mettrez le cap dès que possible vers la rive ouest du détroit, pour autant qu'il vous apparaisse que la glace est surtout présente près de la rive est ou au milieu de celui-ci, l'objectif consistant à entrer dans le détroit de Lancaster en évitant, dans la mesure du possible, tout délai. Mais comme il est impossible de livrer des instructions précises en raison de la glace qui varie selon les années, vous vous en remettrez évidemment à vos propres observations pour décider du chemin qu'il convient de prendre, de manière à vous assurer de pénétrer rapidement dans le détroit ci-haut mentionné. Comme, cependant, nous avons cru bon de faire équiper les deux navires de moteurs à vapeur et d'hélices, qui ne serviront qu'à pousser les vaisseaux dans les canaux entre les masses de glace lorsque les vents seront contraires, ou en cas de calme plat, nous estimons avoir paré aux obstacles pouvant survenir dans de telles circonstances. Mais puisque les réserves de charbon devant être embarquées sont nécessairement modestes, vous n'en ferez usage qu'en cas de nécessité.

Le détroit de Lancaster et sa continuation par le détroit de Barrow ayant été quatre fois empruntés sans aucun obstacle par sir Edward Parry et, depuis, fréquemment par des baleiniers, il se révélera sans doute libre de glace comme d'îles ; et sir Edward Parry ayant aussi atteint l'île de Melville en faisant voile en droite ligne depuis celui-ci, et en étant revenu sans rencontrer de difficultés, sinon très mineures, il y a tout lieu de croire que la portion restante du passage, soit environ 900 milles depuis le détroit de Behring, se trouvera également libre d'obstruction, et, par conséquent, en poursuivant vers l'est vous ne vous arrêterez pas pour examiner quelque embouchure donnant vers le nord ou le sud dans ledit détroit, mais garderez le cap sans perdre de temps, à une latitude d'environ 74 ¼°, jusqu'à ce que vous ayez atteint la longitude de cette portion de terre où est situé le cap Walker, soit environ 98° ouest. De là, nous souhaitons que tous les efforts soient mis en œuvre pour tenter de pénétrer vers le sud et l'ouest vers le détroit de Behring en aussi droite ligne que le permettent l'emplacement et l'importance des glaces, ou l'existence de terres, présentement inconnues.

Nous vous dépêchons vers ce secteur précis de la mer Polaire car il présente la meilleure chance d'accomplir le passage vers le Pacifique, en raison de la magnitude inhabituelle et du caractère apparemment immuable de la barrière de glace observée par l'Hecla et le Griper en l'an 1820, au large du cap Dundas, l'extrémité sud-ouest de l'île de Melville; et nous considérons donc qu'une nouvelle tentative dans cette direction se solderait par une perte de temps. Mais si, progressant dans la direction plus haut ordonnée, vous étiez arrêtés par une banquise d'allure permanente, et si, en passant devant l'embouchure du détroit, entre les îles Devon et Corwallis, vous observiez que celui-ci est ouvert et libre de glace, nous souhaitons que vous considériez dûment, en soupesant le temps déjà écoulé, ainsi que les signes d'une fin précoce ou tardive de la saison, si ce canal n'offre pas une issue plus pratique permettant d'échapper à l'Archipel et un accès plus rapide à la mer Polaire, où il n'y aurait ni îles ni bancs pour arrêter et fixer les masses de glace flottante. Et si vous vous étiez engagé trop loin vers le sud-ouest pour qu'il soit efficace d'emprunter cette nouvelle voie avant la fin de la présente saison, et si, par conséquent, vous déterminiez d'hiverner dans cette région, il en relèvera de votre mûre délibération, au cours de la saison suivante, de procéder par le détroit ci-haut mentionné ou de persévérer vers le sud-ouest en respectant les instructions précédentes.

Vous n'êtes pas sans savoir, pour avoir été vous-même l'un des intelligents voyageurs qui ont traversé la rive américaine de la mer Polaire, que ce groupe d'îles, qui s'étire de cette rive vers le nord à une distance encore inconnue, ne s'étend pas au-delà du 120ᵉ degré de longitude ouest, et que, au-delà, et dans le détroit de Behring, pas une terre de la rive américaine n'est visible depuis la mer Polaire. Dans une telle entreprise, maintes choses doivent êtres laissées à la discrétion de l'officier commandant, et, comme les objets de cette expédition vous ont été présentés dans leur entièreté, et comme vous avez déjà une grande expérience du service de cette nature, nous sommes convaincu que nous ne pouvons mieux agir qu'en laissant cette question à votre bon jugement.

Sir John Barrow
Deuxième secrétaire
de l'Amirauté britannique

20 août 1845

Le *Terror* et l'*Erebus* naviguent depuis peu dans des eaux vierges. Nous avançons au milieu d'une carte blanche, dessinant le paysage comme si nous l'inventions au fur et à mesure, traçant le plus fidèlement possible les baies, les anses, les caps, nommant les montagnes et les rivières comme si on nous avait jetés au milieu d'un nouvel Éden – quoique glacial, stérile et inhabité pour sa plus grande partie, mais dont il nous appartient tout de même de reconnaître et de baptiser le territoire. Avant nous, le paysage grandiose fait de glace et de ciel n'existait pas ; nous le tirons du néant où il ne retournera jamais, car désormais il a un nom. S'il n'y a devant nous que le vide, le chemin parcouru fourmille d'observations, de relevés, de précisions ; il a rejoint le domaine toujours grandissant de ce qui est nôtre sur cette Terre.

3 septembre 1845

Les icebergs qui dérivent lentement au large forment un décor mouvant dont on ne connaît point de semblable en Angleterre, ni d'ailleurs où que ce soit sur la terre ferme, où les montagnes ne se déplacent pas et restent sagement là où elles sont. Ce paysage arctique a ceci de paradoxal que c'est nous, qui le regardons, qui demeurons le plus souvent immobiles, emprisonnés par les glaces, tandis que lui avance, recule, se déploie et se resserre en une continuelle métamorphose, comme s'il était de quelque mystérieuse manière plus vivant que nous.

Il me semble impossible, en contemplant ces forteresses de neige et de glace, de ne pas être pénétré du sentiment de sa propre insignifiance, de ne pas se savoir minuscule et superflu au milieu de tant de beauté majestueuse et sauvage. J'ai pourtant du mal à trouver chez les officiers l'écho de ce sentiment, puisqu'ils semblent pour la plupart insensibles à cette nature qui nous entoure, et dont ils ne parlent que comme si elle était quelque animal particulièrement rusé que l'on s'efforce de déjouer et de prendre au piège. Je ne peux m'empêcher de songer aujourd'hui que, s'il y a vraiment un chasseur et une proie en ce pays de glace, c'est bien davantage nous qui sommes le gibier, traqués, pris au piège, aux abois.

Nous y voilà. En ce 9 septembre 1845, nous sommes englacés au large de l'île Beechey, où nous passerons notre premier hiver avant de poursuivre notre route vers l'ouest. L'île n'est en fait qu'un minuscule tas de roche de quelques milles de long, rattaché à l'île Devon par une langue de caillou et de gravier. Il n'y pousse pas un arbre ni quelque plante plus haute que le pouce, et elle n'abrite aucun animal hormis les oiseaux marins qui s'y font sécher après la pêche. C'est un lieu morne et désolé, qui semble porter le deuil de toute vie. En contraste, il règne à bord des deux navires une curieuse frénésie, comme si on avait touché le but, alors qu'il est encore éloigné de plusieurs mois et de milliers de kilomètres, si tant est que nous découvrions bien le Passage au terme de notre hibernation. Il faut dire que parmi les hommes qui m'entourent, pas un ne connaît les nuits sans jour du cercle polaire – à l'exception de sir John, que les mois passés en mer ont ragaillardi. Parti maussade et enrhumé, ankylosé par des années d'existence diplomatique en Tasmanie, il semble revivre. Il plaisante avec les hommes, y va de prévisions optimistes sur le calendrier que nous suivrons et sur les récompenses qui nous attendent au retour.

Pour ma part, je me serais contenté de passer ma vie avec Sophia, et si je croyais que l'honneur ou l'argent étaient susceptibles de la faire revenir sur sa décision, je les désirerais avec autrement plus d'appétit qu'ils ne m'en inspirent. Hélas ! Quoi qu'elle ait dit, et bien qu'elle ait continué de prétendre jusqu'à la fin qu'elle ne serait jamais la femme d'un marin, j'ai bien vu la manière dont elle regardait Fitzjames. Celui-ci n'est pas moins marin que moi, mais sur sa tête la casquette est plus élégante, sur ses épaules la veste plus seyante et les couleurs de la marine lui font un teint de fiancé. La seule récompense dont mon cœur se soit jamais langui continuera donc de m'échapper ; quel que soit notre succès et dussé-je découvrir seul un nouveau continent auquel on donnerait mon nom, Sophia continuerait de n'avoir d'yeux que pour le joli sourire de Fitzjames.

— Adam?

— Oui.

— Tu dors?

— Non.

— J'ai froid.

— Je sais. Dors, tu ne sentiras plus le froid.

— Je me demande quelque chose.

— Oui.

— Tu sais ce que je me demande?

— Non.

— Pourquoi la Lune et le Soleil sont tellement plus gros ici qu'en Angleterre. Tu le sais, toi?

— Non, je n'en sais rien.

— Peut-être, comme nous sommes près du bout de la Terre, que nous sommes plus proches de la Lune et du Soleil…

— Mais la Terre est ronde…

— Et alors?

— Alors, puisqu'elle est ronde, elle n'a pas de bout, ou bien chaque endroit sur Terre peut être un bout, tout dépendant de l'endroit d'où tu le regardes.

— Tu veux dire que le bout du monde, c'est peut-être l'Angleterre?

— Peut-être.

— Alors ?

— Alors quoi ?

— Alors pourquoi la Lune et le Soleil, quand ils touchent l'horizon, sont-ils tellement gros qu'on jurerait qu'ils vont s'écraser par terre et creuser un cratère grand comme l'Afrique ?

— Je ne sais pas. C'est peut-être une illusion, une sorte de mirage...

— Qu'est-ce que ça veut dire ?

— Ça veut dire que tes yeux te jouent des tours. Comme quand on voit de l'eau se dessiner sur le sable du désert, par exemple.

— Si mes yeux ont décidé de me mentir, j'aimerais mieux qu'ils me montrent un champ de blé, plutôt qu'une Lune géante qui menace de s'écraser sur la Terre.

— Tu sais ce que croyaient les Esquimaux qu'a rencontrés James Ross, au Groenland ?

— Non, dis-moi.

— Eh bien, ils n'avaient encore jamais vu d'hommes blancs et ils ont cru qu'il était un être céleste. Ils lui ont demandé s'il venait de la Lune ou du Soleil...

— Et qu'est-ce qu'il a répondu ?

— Je ne sais pas. Probablement qu'il venait de l'autre côté de l'eau.

— C'est bien plus difficile à croire, non ?

Les Voiles

À l'aube, dans cet état qui n'appartient pas tout à fait au rêve mais déjà plus à la veille, Crozier revoit avec une précision étonnante une scène vécue il y a cinq mois, et qui lui semble tout à coup receler quelque élément crucial.

C'était deux jours avant le départ de l'expédition. Debout sous le crachin qu'exsudait un ciel gris et boursouflé, il attendait l'arrivée de sir John qui devait venir s'assurer que l'embarquement des denrées et les derniers préparatifs se déroulaient sans anicroche.

Il y avait déjà plus d'une demi-heure que Crozier faisait le pied de grue sur le quai quand il aperçut Franklin, mais flanqué de lady Jane et – comme il le découvrit en un éclair fulgurant qui lui serra la poitrine au point qu'il eut du mal à respirer – de Sophia Cracroft, cette dernière escortée par un Fitzjames exubérant, apparemment occupé à lui raconter quelque histoire qu'elle écoutait, tête légèrement inclinée, l'air amusé. Sophia eut un mouvement de surprise en apercevant Crozier mais, se ressaisissant aussitôt, elle se dirigea vers lui, main tendue, souriant largement, comme pour bien montrer qu'elle n'avait rien à cacher, rien à redouter, nul motif de honte ni de gêne.

« Monsieur Crozier, quelle agréable surprise, lui susurra-t-elle de sa voix feutrée. Vous devriez rentrer, vous allez attraper la mort. Mon oncle a d'ailleurs depuis quelques jours une vilaine grippe... »

Comme pour confirmer ces paroles, sir John éternua bruyamment, sortit un mouchoir de sa poche et se moucha avec un barrissement. Son épouse resserra d'un geste maternel le nœud de l'écharpe qu'il portait au cou.

« ... et, poursuivait Sophia, qui donc commandera ces vaisseaux si vous êtes tous les deux alités ?

— Je dois voir votre oncle avant midi. Pour une question importante. Je savais qu'il devait passer, mais j'ignorais que vous... »

Il s'interrompit, apparemment incapable de compléter sa pensée, dont il tenta d'exprimer la suite par un geste vague englobant Sophia, Fitzjames, qui attendait poliment quelques pas plus loin, et le ciel d'où tombaient sans relâche de minuscules gouttes glacées et piquantes comme des aiguilles.

« Oui, nous ne nous sommes décidées qu'à la dernière minute, en réalité. Ma tante a préféré escorter sir John, qui est fiévreux ce matin, et James a offert de nous faire visiter la salle des machines. On dit que c'est très intéressant.

— Certes, certes, très intéressant », répéta Crozier presque sans s'en rendre compte. *JAMES ?* hurlait en lui une voix plus forte que la raison.

Les hommes s'affairant à transporter des dizaines de caisses sur lesquelles se lisait « thé », Fitzjames demanda à Sophia si elle connaissait l'origine du mot. Malgré lui, pour briser cette conversation qui les liait et forcer la jeune femme à tourner de nouveau son regard vers lui, Crozier répondit que le terme venait d'un idéogramme chinois dont il ne se rappelait pas le nom exact. Puis il resta bêtement là, les mains dans les poches.

«Ah, mais pas du tout, s'exclama Fitzjames. Figurez-vous que lorsque le thé en provenance des Indes orientales et de la Chine s'est mis à arriver en Europe au XVe siècle, les stocks transitaient presque tous par Lisbonne, au Portugal. Là, on prélevait les caisses que l'on gardait pour la consommation locale, et on traçait sur les autres, celles qui étaient en transit, la lettre T. Voilà qui a donné *thé* en français, *tea* en anglais, *té* en espagnol, alors qu'au Portugal, où les caisses ne portaient point cette mention de "transit", vous voyez, on dit *cha*.»

Sophia buvait ses paroles. Crozier regrettait de s'être rendu ridicule en avançant une explication dont il n'était pas sûr, mais il avait du mal à croire l'histoire de Fitzjames, qui lui semblait par trop rocambolesque. Celui-ci se rapprocha d'un pas décidé, effleura le coude de Sophia en lui soufflant:

«Chère demoiselle, ne restons pas ici à nous faire mouiller, montons à bord, si vous le voulez bien, où l'on vous servira l'un de ces grogs célèbres dans la marine anglaise.

— Oui, avec plaisir», répondit Sophia.

Puis, se tournant vers Crozier, elle lui lança: «Ne restez pas trop longtemps sous la pluie, vous commencez à ressembler à

Mr. Darcy quand il se met en tête de plonger dans l'étang aux canards… »

Le temps qu'il comprenne qu'elle voulait parler d'un des petits chiens de lady Jane, elle avait disparu à la suite de Fitzjames et de sa tante, à qui ce dernier avait donné le bras. Crozier resta seul avec sir John, qui le considéra avec humeur.

« Eh bien ? Que me vaut cette visite ? Qu'est-ce qui est donc si important qu'il faille que nous en discutions sur un quai sous la pluie ?

— Heu… C'est-à-dire que… Bien sûr, nous pouvons rentrer nous mettre à l'abri. Simplement, je voulais être certain de ne pas rater votre passage.

— Trêve de bavardages, reprit sir John sur le ton sec auquel il avait recours quand il souhaitait exprimer une expéditive efficacité, mais qui était le plus souvent dicté par l'inconfort, le froid ou la faim. Venons-en au fait. Je vous écoute, capitaine.

— C'est au sujet des provisions, sir. Je voulais vous suggérer d'avoir recours à une technique utilisée notamment par William Parry, et avec des résultats remarquables.

— De quoi voulez-vous parler ? Exprimez-vous clairement, nom de nom.

— De grains germés.

— Pardon ?

— De grains germés. »

Plongeant la main dans la poche de son pardessus, Crozier en sortit un coton éponge fripé où pointaient des dizaines de petites têtes vert tendre, chacune fixée à une gaine brun pâle.

«Je sais ce que sont les grains germés, Crozier, je vous remercie, j'ai déjà vu un potager. Mais à quoi diable seraient-ils censés servir?

— Eh bien, au bout de six ou huit mois, quand nous aurons épuisé tous les fruits et légumes frais, ils pourraient remplacer laitues, épinards et autres verdures. Ils n'ont pas besoin de sol ni même de lumière pour pousser. Il suffit de déposer les grains dans un bout de tissu qu'on arrose régulièrement, et en moins d'une semaine… voilà! Et puis, sur les navires où on les a cultivés, aucun cas de scorbut ne s'est déclaré.

— Mais mais mais, l'interrompit sir John, tel un instituteur qui n'attendait que le moment de prendre un cancre en faute. C'est précisément pour cela que nous emportons je ne sais combien de tonneaux de jus de citron…

— Si vous me permettez, sir, les hommes n'aiment guère le jus de citron. J'en ai vu souvent qui faisaient semblant de le prendre pour le recracher aussitôt.

— Qu'à cela ne tienne, répliqua sir John qui s'était mis à se balancer d'une jambe sur l'autre, signe d'une impatience grandissante, nous le leur distribuerons comme on administre un remède à un enfant, et, s'il le faut, nous leur demanderons d'ouvrir la bouche et de tirer la langue après l'avoir avalé. Et puis, surtout, vous oubliez, mon cher Crozier, que nous aurons avec nous des centaines de boîtes de légumes en conserve, cuits et assaisonnés, prêts à être dégustés. Entre une macédoine de pommes de terre, de carottes et de petits pois et vos quatre grains, là, que préféreront les hommes, dites-moi?»

Il n'avait pas tort. Ses feuilles menues et chétives, sur leur tige filiforme encore prisonnière de la graine qui leur avait servi d'étui, n'étaient guère ragoûtantes.

«Et puis, continua sir John qui n'entendait pas interrompre une si belle lancée, vous ne croyez pas que nous aurons mieux à faire que de jouer les jardinières auprès de vos pousses? Non, croyez-moi, Crozier, entre les tracés géographiques, les mesures de températures, les relevés magnétiques, la navigation en tant que telle et l'entretien des navires, je doute fort que nous ayons le temps ou l'envie d'entretenir un potager, fût-il au creux d'un mouchoir. C'est justement en cela que ces boîtes de conserve sont idéales : elles éliminent même le besoin d'apprêter les aliments, de les tailler, de les faire cuire, toutes opérations fastidieuses. Il suffit de les ouvrir, d'en faire chauffer le contenu, et vous voilà prêt à nourrir une armée.

— Sans doute, sir.»

Crozier voyait bien que la partie était perdue. Machinalement, il tournait et retournait entre ses doigts les pousses d'un vert tendre. Puis il se rendit compte que, pour sa part, il n'avait jamais goûté au contenu de ces boîtes que l'on embarquait par milliers.

«Y avez-vous déjà goûté, sir?

« — Pardon ?

— À ces boîtes de légumes…

— Et de viande !

— À ces boîtes de légumes et de viande que nous emportons avec nous en si grande quantité ?

— Grand Dieu, non, Crozier, j'ai bien mangé de tout dans ma vie quand il l'a fallu, de la tripe de roche à la chair de phoque crue, au steak d'ours et jusqu'au cuir de mes souliers, comme vous ne l'ignorez pas, mais je n'ai jamais vu l'intérêt de me soumettre inutilement à cet exercice. J'ai consulté les listes des produits offerts par ce monsieur Goldner, et je puis vous assurer qu'ils sont de loin supérieurs à l'ordinaire que l'on sert aux hommes pendant les longs voyages. Mais ne vous inquiétez pas : pour les officiers, le menu sera plus traditionnel. Nous embarquerons en masse des viandes salées et des marinades de toutes sortes.

— Je n'en doute pas, sir, répondit Crozier.

— Sur ce, si vous le permettez, je vais aller me mettre au sec.

— Bien sûr, sir. Je vous remercie. »

Et sir John partit d'un pas lourd en direction de la passerelle menant au pont du *Terror*.

Crozier arrêta le premier matelot qui passait à ses côtés, en tirant un chariot sur lequel étaient empilées une vingtaine d'énormes boîtes de conserve, et il le pria d'en ouvrir une.

« C'est impossible, sir. Ces provisions sont destinées au *Terror,* qui part dans quelques jours pour passer un an dans l'Arctique. On n'a pas le droit d'ouvrir ces conserves pour rien.

— Sais-tu qui je suis ? »

Le matelot considéra Crozier, trempé de pied en cap, debout devant lui, le manteau pendant tristement entre ses larges épaules, les cheveux dégoulinants. Son visage exprima le doute pendant un instant, mais il avait certainement déjà vu des gravures de sir Franklin. Il savait que ce ne pouvait pas être lui.

« Non, sir. »

Crozier soupira.

« Peu importe. »

Il prit les deux conserves qui se trouvaient au sommet de la pile et congédia du geste le matelot qui s'en fut sans demander son reste. Puis, s'agenouillant sur le quai mouillé, Crozier sortit son couteau de sa poche et entreprit d'ouvrir une boîte sur l'étiquette de laquelle on pouvait lire : « Ragoût de bœuf ».

Il dut s'y reprendre par deux fois avant d'arriver à éventrer convenablement le cylindre de métal, d'où s'éleva une odeur douceâtre. Crozier trempa son doigt dans le liquide brun et épais où flottaient des morceaux de viande, le huma prudemment avant d'y poser la langue puis cracha aussitôt. Examinant le brouet plus attentivement, il découvrit qu'il contenait des bouts de viande à moitié crue. Il renversa le contenu entier de la boîte sur le quai et entreprit de le touiller à l'aide de son couteau, sous l'œil interrogateur des matelots qui continuaient de se succéder, portant des provisions. Dans la mixture brunâtre qu'éclaircissait l'eau de pluie, il découvrit en outre quelques bouts d'os et ce qui avait tout l'air d'un morceau d'oreille que l'on aurait oublié de dépouiller de son pelage.

Crozier se releva et ordonna d'une voix forte : « Interrompez le chargement ! »

Dépêché sur les lieux pour régler la crise, Fitzjames ordonna qu'on ouvrît une vingtaine de boîtes de différentes tailles, contenant viandes, soupes et légumes. Il n'alla pas jusqu'à y goûter, mais flaira leur contenu, et décréta que celui-ci était, dans dix-neuf cas, tout à fait acceptable. Quant à la vingtième boîte, d'où émanait une odeur soufrée, eh bien, nul n'était parfait et il fallait bien s'attendre à ce qu'il y ait un certain pourcentage de perte. Le chargement reprit donc quelques heures plus tard, et se termina dans la nuit, alors que Crozier, incapable de rentrer chez lui, arpentait les rues.

Tandis qu'il marchait sous la pluie qui avait diminué en intensité et était redevenue crachin, comme s'il cherchait à se punir de quelque espoir qu'il eût été malséant d'entretenir, il se repassait en esprit la scène vécue plus tôt l'après-midi, l'arrivée inopinée de Sophia, sa propre inanité, alors qu'il n'avait réussi à lui dire que des banalités, et la faconde de Fitzjames, sa façon un rien gouailleuse de proposer à la jeune fille « un de ces grogs célèbres dans la marine anglaise ». En plus de vingt ans passés dans les rangs de ladite marine anglaise, Crozier n'avait jamais rien goûté, en matière de grog, qui fût susceptible de charmer les papilles d'une jeune femme de la bonne société. Certes, on servait quelquefois sous ce nom une mixture de rhum, de gin, de jus de citron agrémentée, les jours fastes, d'un carré de sucre, mais jamais il ne lui serait venu à l'esprit de présenter ce breuvage amer – utilisé notamment pour faire tomber la fièvre et engourdir un matelot sur qui on s'apprêtait à procéder à une opération douloureuse – comme une boisson exotique ni, à plus forte raison, comme une gourmandise. Y trempant ses lèvres rouges, Sophia aurait probablement un frisson causé autant par l'amertume de la boisson que par le trouble qu'elle éprouvait à y goûter en compagnie d'un joli officier qui n'hésiterait pas à lui raconter l'histoire des pirates auxquels le rhum avait été arraché de haute lutte.

Crozier savait mener des hommes dans la bataille comme dans la paix, il savait lire la mer et le paysage, les nuages et les astres, il savait le grand corps de bois de son navire aussi sûrement que celui d'un chien fidèle, mais il ignorait et ignorerait toujours comment présenter une tasse de liquide tiède et acide à une dame de manière à ce qu'elle s'en régale et se considère comme son obligée. Pour cela, il aurait troqué le reste sans hésitation.

29 novembre 1845

Pour passer le temps, j'ai imaginé de faire la classe à qui se montrerait intéressé à apprendre. J'ai ainsi réuni une bande hétéroclite à laquelle je dispense quotidiennement des leçons que DesVœux voit d'un assez mauvais œil – ce qui, je dois l'avouer, ajoute à ma satisfaction de jouer les maîtres d'école. Parmi mes élèves, certains ont signé leurs papiers d'engagement en griffonnant gauchement un X sur le papier qu'on leur présentait. Patiemment, je trace de grandes lettres sur une ardoise, que ces hommes tentent de recopier comme des enfants, en tirant la langue. Comme le papier et l'encre sont des ressources précieuses et que les ardoises sont en nombre limité, certains sculptent les lettres dans des morceaux de bois arrachés aux tonneaux de victuailles vides, alors que d'autres se contentent de les tracer du doigt dans les airs ou sur la table devant eux.

Ce matin, DesVœux est entré alors que j'étais en train d'interroger l'un de ceux-là.

« C'est bien comme cela qu'on écrit *Terror,* sir ? »

DesVœux a répondu avant que j'aie pu ouvrir la bouche : « Non, imbécile, tu as mis deux R là où il n'en faut qu'un. »

Je l'ai regardé, interloqué, mais il semblait sérieux. Ainsi, le bellâtre est analphabète. J'aurais dû m'en douter. Une fois qu'il a tourné les talons, l'air satisfait, j'ai expliqué aux hommes que, pour ma part, je préférais que l'on continue à mettre deux R à *Terror*.

À ce moment, le nom même des navires, créatures familières dont je connais les moindres recoins et tous les craquements, m'est cependant apparu de mauvais augure. Par quelle aberration ou quelle sinistre ironie a-t-on donné à un vaisseau qui s'apprête à passer des mois dans l'obscurité totale le nom du dieu grec des Ténèbres?

Depuis deux ou trois jours, le soleil ne se montre plus que quelques minutes avant de disparaître aussitôt sur l'horizon comme un oiseau abattu en plein vol. Le mince disque clair se hisse péniblement au-dessus de la ligne blanche qui marque la rencontre du ciel et de la terre, reste suspendu là quelques secondes, presque tremblant, entouré d'un faible halo de lumière grisâtre et replonge immédiatement après avoir frôlé la neige un instant, pour ne réapparaître que le lendemain, plus brièvement encore.

7 janvier 1846

Aujourd'hui, six mois à peine après avoir levé l'ancre du port de Greenhithe, nous avons enterré notre deuxième mort. S'il est vrai, comme le prétendent certains peuples sauvages, que l'on n'est chez soi sur une terre qu'après lui avoir confié ses morts, nous voilà pour toujours liés à ce bout d'île inhospitalier comme j'aurais préféré ne jamais l'être.

Il a fallu une journée presque entière pour réussir à creuser dans le sol gelé la fosse où l'on a déposé le corps de John Hartell. Je dois avouer que lorsqu'on m'a appris son trépas, j'ai mis quelques secondes avant de réussir à me représenter son visage. J'en ai conçu de la honte. Il faisait certes partie de l'équipage de l'*Erebus,* mais ces hommes sont tous, au bout du compte, sous ma responsabilité aussi bien que sous celle de sir John. Je me suis dit que j'aurais fait un bien piètre père de famille. Qu'en saurai-je jamais.

Le service a été des plus sobres. L'équipage des deux navires s'est rassemblé autour du trou, sir John a lu d'une voix peu assurée le cantique de David avant de prononcer quelques mots sur Hartell, dont il a dit que c'était un excellent marin, un jeune homme courageux et plein de vie. À ce moment-là, je n'ai pu m'empêcher de me demander s'il avait su, lui, de qui l'on voulait parler quand on lui avait fait part de la mort du jeune homme – et s'il le savait au moment où il faisait son éloge funèbre.

Quelques hommes pleuraient sans bruit sous le ciel gris. Nous avons gardé une minute de silence en mémoire du défunt, puis on a entrepris de recouvrir le corps de pierres, après quoi les hommes sont retournés aux navires d'un pas lourd. Si dorénavant cette terre à laquelle nous avons cédé l'un des nôtres nous appartient, nous lui appartenons aussi.

La tombe de John Torrington a été creusée quarante-huit heures plus tard, à la droite de la première fosse. Il souffrait d'une toux tenace depuis le départ, toux qui, résistant aux traitements au camphre et à l'eucalyptus prodigués par MacDonald, inquiet de la voir se répandre parmi l'équipage, s'était aggravée depuis notre arrivée dans le cercle polaire. Il a passé la dernière semaine alité et, quand je lui ai rendu visite, il avait les yeux fiévreux de celui qui peut voir la mort approcher et tenait devant sa bouche un mouchoir taché de sang.

Je suis moi-même allé annoncer son trépas à sir John, qui s'est pris la tête dans les mains et est resté un long moment sans parler. Puis il m'a demandé quel âge avait John Torrington, et s'il avait une famille en Angleterre. Je savais, pour avoir moi-même posé la question à Little quelques heures auparavant, qu'il n'était pas marié, mais que ses parents étaient toujours vivants, et menaient une existence de misère. Il a passé les mains sur son visage et m'a demandé si je croyais qu'il pouvait de nouveau utiliser le cantique de David pour la cérémonie, car il n'en avait pas prévu d'autre. Il a ajouté, comme si cela allait de soi, qu'il s'empresserait de remédier à la situation. Ce commentaire m'a pris de court, et je me suis demandé pendant une seconde s'il avait perdu la tête et se figurait pouvoir ramener les morts à la vie, mais j'ai vite compris qu'il se proposait plutôt de trouver un nouveau passage convenant à une cérémonie d'enterrement. Je me suis contenté de hocher la tête et il a répondu de même. Tandis que je sortais de sa cabine, je l'ai vu se mettre à compulser sa Bible comme si là résidait son devoir le plus urgent. Mais qui peut dire où réside le véritable devoir des hommes, et qui sait si les paroles qu'il y trouvera peut-être ne réussiront pas à rasséréner ceux à qui il en fera la lecture…

S'élèvent maintenant sur l'île Beechey deux sépultures identiques, deux croix minuscules sous l'immensité du ciel, sur un bout de terre désolé qui semblait de toute éternité destiné à devenir un cimetière, ténues sentinelles dont on ne saurait dire si elles gardent les bateaux ou défendent l'île battue par les vents sur laquelle elles sont plantées.

23.1
L'Éternel est mon berger : je ne manquerai de
[rien.

23.2
Il me fait reposer dans de verts pâturages,
Il me dirige près des eaux paisibles.

23.3
Il restaure mon âme,
Il me conduit dans les sentiers de la justice,
À cause de son nom.

23.4
Quand je marche dans la vallée de l'ombre de
[la mort,
Je ne crains aucun mal, car tu es avec moi :
Ta houlette et ton bâton me rassurent.

23.5
Tu dresses devant moi une table,
En face de mes adversaires ;
Tu oins d'huile ma tête,
Et ma coupe déborde.

23.6
Oui, le bonheur et la grâce m'accompagneront
Tous les jours de ma vie,
Et j'habiterai dans la maison de l'Éternel
Jusqu'à la fin de mes jours.

Une fois les monastères portugais inspectés – visite qui inspira à lady Jane quelques pages bien senties sur les rapports qu'entretenait l'architecture gothique avec la lumière –, les voyageuses mirent le cap sur Madère, puis, de là, gagnèrent les Indes occidentales, d'où elles passèrent aux États-Unis. À New York et à Boston, comme à son habitude, lady Jane ne rata pas un musée ni un site naturel ou historique, qu'il fût important ou insignifiant, et visita en outre nombre d'universités, de bibliothèques, voire d'usines, d'hôpitaux et de prisons, couvrant de notes les petits cahiers destinés à cet usage. Elle en profita aussi pour gravir le mont Washington, dans le New Hampshire, ascension de quelque 6 300 pieds qu'elle accomplit seule en compagnie d'un guide tandis que Sophia et Fanny, qui ne partageaient pas sa passion pour les hauteurs, se livraient à des promenades moins périlleuses près du lac bordé d'épinettes où était niché leur hôtel.

Lady Jane se mit ensuite en tête de traverser le continent pour aller à la rencontre de son époux dont les navires ne manqueraient pas d'apparaître sous peu sur la côte ouest américaine. Elle considéra quelques instants la possibilité de s'embarquer avec Sophia (Fanny, épuisée, insistait pour rentrer immédiatement en Angleterre) sur un vaisseau qui doublerait le cap Horne avant de remonter vers la Californie, et choisit plutôt la route terrestre, qui lui permettait d'emprunter le trajet jadis parcouru par Alexander von Humboldt, lequel était un explorateur comme les aimait lady Jane : noble, lettré, prolixe, il livrait ses observations et ses hypothèses dans des récits d'une clarté absolue, mais d'une plume toujours vive et alerte. Si, par extraordinaire, lady Jane Franklin s'était laissée aller à imaginer quel homme elle aurait rêvé d'être, force lui aurait été d'admettre qu'il ne lui aurait point déplu de se glisser dans la peau non pas de son rubicond époux, mais du bouillant von Humboldt. Ainsi, cette portion du voyage, que l'on disait légendairement difficile, revêtait-elle un attrait particulier du fait qu'elle correspondait – hélas, inexactement – au trajet effectué jadis par von Humboldt et Aimé Bonpland. La traversée de l'isthme de Panama fut par ailleurs sans histoire : des nuées de moucherons se pressaient contre les moustiquaires de leurs chaises à porteurs, mais très peu réussissaient effectivement à y entrer et, en outre, lady Jane avait l'épiderme fait à leurs piqûres, contrairement à Sophia qui se couvrit de boursouflures roses sur lesquelles il fallait appliquer une série de cataplasmes nauséabonds ; elle aperçut une fois seulement un scorpion, que l'un des guides se hâta d'écraser du pied en murmurant quelques paroles qui ressemblaient à une incantation ; des singes hurleurs leur lancèrent, du haut des arbres, des branches et des fruits, mais de ces créatures elle ne réussit jamais à distinguer autre chose qu'une longue queue élastique tandis qu'ils s'enfuyaient entre les feuilles en criaillant ; des brigands craints, annoncés, promis, espérés presque, nulle trace. Elle qui avait toujours refusé de suivre qui que ce soit remonta cependant avec délices cette piste laissée il y avait près de cinquante ans de cela par un homme qui était désormais un vieillard tremblant, occupé en terre allemande à la rédaction de son grand œuvre simplement intitulé *Kosmos*.

Si les premières étapes de ce périple furent magnifiées par le sentiment grisant qu'éprouvait lady Jane à l'idée de mettre les pieds (le plus souvent métaphoriquement, car elle éprouva peu souvent le besoin de descendre de sa chaise, dont il était si facile de relever les rideaux pour admirer le paysage) dans les traces laissées par cet explorateur plus grand que nature qui lui indiquait, pour ainsi dire, la voie à suivre, la dernière portion fut baignée d'un véritable sentiment d'exaltation, car lady Jane avait bon espoir de retrouver bientôt son illustre époux, rentré victorieux d'une expédition triomphale. Elle s'était même imaginé retraverser l'Atlantique avec lui, à bord de l'*Erebus*, et revenir elle aussi quasi en conquérante. À tout le moins, elle s'attendait à trouver là des nouvelles de son mari, que des baleiniers ou des commerçants ne pouvaient manquer d'avoir aperçu dans les eaux polaires. Mais de l'expédition de la marine de Sa Majesté, nulle nouvelle, et, pour rentrer, lady Jane s'embarqua, en compagnie de sa nièce, à bord d'un navire où voyageaient platement hommes d'affaires, quelques politiques et quantité de vieilles dames frileuses.

De retour Bedford Place, faisant contre mauvaise fortune bon cœur, elle reprit où elle les avait laissées ses occupations londoniennes. Le statut d'épouse de héros s'accompagnait d'un certain nombre de nécessités absolues, dont la moindre n'était pas d'offrir à ses visiteurs – qui se multiplieraient au cours des mois à venir – un intérieur à la fois irréprochable et toujours étonnant qui, irréductiblement anglais par l'esprit et le caractère, évoquait aussi l'aventure, voire l'héroïsme, dont ses occupants étaient familiers, équilibre délicat que lady Jane excellait à préserver grâce à mille et une relations, tant intimes que professionnelles.

Parmi celles-ci, Mr. Thompson, que lady Jane et Sophia n'appelaient jamais autrement que Mr. T., était sans conteste le marchand de thés le plus en vue de Londres. Cette dénomination semblait d'ailleurs beaucoup trop commune pour s'appliquer au personnage raffiné qu'il était, et qui préférait se dire «courtier en essences rares». On racontait qu'il refusait plus de clients qu'il ne daignait en gratifier de ses visites et que parmi les éconduits – évidemment mécontents – on comptait certains membres de la famille royale, condamnés à siroter le plat Darjeeling qu'avaient bu leur mère et leur grand-mère avant eux. Si elle ne pouvait prétendre être la plus riche ni la mieux née des clientes de Mr. T., lady Jane n'en était pas moins l'une de celles qu'il privilégiait, allant jusqu'à venir lui présenter lui-même ses élixirs. Il aimait sa curiosité et son enthousiasme pour tout ce qui était nouveau et s'émerveillait de ses connaissances en matière de géographie, d'anthropologie et de botanique, connaissances fort étonnantes chez une femme, fût-elle l'épouse de l'explorateur le plus célèbre du pays. Évidemment, ledit explorateur n'était pas étranger à l'intérêt que Mr. T. portait à son épouse. Toujours à l'affût de nouveautés et de curiosités, il avait prié sir Franklin d'avoir la bonté de lui rapporter des échantillons de cette petite plante aromatique nommée «thé du Nord», dont les feuilles dégageaient des effluves de menthe, et que les coureurs des bois mâchaient pour se rafraîchir l'haleine et buvaient en décoction pour traiter les coliques. Car Mr. T. se piquait aussi d'être une manière d'herboriste, et, malgré qu'il plaçât le thé au-dessus de toutes les autres plantes, il ne dédaignait pas certaines simples aux propriétés particulièrement intéressantes. Sir John lui apparaissait ainsi comme un compagnon découvreur. Il est vrai que, de constitution plutôt fragile, le courtier en essences rares n'avait jamais posé le pied sur le pont d'un navire – et, conséquemment, en sol étranger –, mais ses émissaires lui rapportaient, en même temps que les soieries, les plantes médicinales et les mille et un thés qu'il irait offrir à sa clientèle choyée, des provisions d'histoires sur les contrées visitées, leurs habitants, les us et coutumes de ceux-ci, si bien qu'il avait parfois l'impression d'avoir personnellement arpenté en long et en large Cathay et Bombay. Aussi n'était-il pas loin de croire, en proposant aux élégantes Londoniennes des thés parfumés qu'il leur cédait à prix d'or, qu'il participait lui aussi à la grandeur de l'Empire.

Ce matin-là, il était particulièrement satisfait des trésors qu'il révélerait à lady Jane. En plus du banal Earl Grey – ainsi nommé en l'honneur de l'ex-premier ministre, à qui l'on avait présenté pour le remercier d'une quelconque faveur ces feuilles parfumées à la bergamote, et dont tout le monde s'était inexplicablement entiché – et du délicat thé au jasmin dont elle gardait toujours une provision pour abreuver ces dames qui n'avaient pas le palais aventureux, et que Mr. T. lui apportait dans des jarres de porcelaine décorées de serpents et de dragons, il avait ce jour-là avec lui trois coffrets de bois précieux.

Il ouvrit le premier avec mille précautions pour découvrir des feuilles d'un vert gris, qui dégageaient un arôme doux mais curieusement entêtant, rappelant un peu l'odeur de la terre après la pluie et celle de bourgeons de fleurs naissants.

« Je vous présente le thé blanc de Fujian, dans le comté de Zeng Huo, en Chine. Un lieu magnifique… Des collines aux flancs escarpés et aux sommets arrondis, qui ressemblent à des géants agenouillés qui voudraient se lever pour toucher le ciel. Ce thé n'est récolté que quelques jours par année, au début du mois de mai, par de jeunes vierges au toucher délicat. C'est celui que préfère la famille impériale.

— Mmm, commenta lady Jane en reniflant le contenu de la boîte. Il me semble en avoir goûté chez lady Cheswick. C'est vous qui le lui avez vendu, peut-être ?

— Mais certainement pas, rétorqua le marchand, outré qu'on puisse confondre sa merveille avec une quelconque mixture. J'ignore où s'approvisionne cette dame, mais je puis vous assurer que ce thé-ci, un véritable nectar, ne se trouve que sur quatre ou cinq tables dans tout le pays…

— Oui », reprit lady Jane, qui avait l'habitude d'opiner à ce que disaient ses interlocuteurs, alors même que ceux-ci croyaient être au beau milieu d'une âpre discussion, dès que la question lui semblait résolue ou avait cessé de l'intéresser, ce qui arrivait assez souvent. « Mais je le trouve un peu… falot. Montrez-moi ce que vous avez d'autre. »

Mr. T. n'insista pas. Avec moult cérémonies, il déposa le premier écrin à côté de lui et ouvrit le deuxième, lequel recelait des feuilles d'un vert plus affirmé et dégageant un arôme végétal intense.

« Voici le Yun Wu, un thé vert de la province du Jiangxi. Son nom signifie "nuage et brouillard". Celui-ci est cueilli au sommet du mont Lu, dont les pentes escarpées sont quasi imprenables et la cime éternellement enveloppée de rouleaux de brume. Comme le dit le vieux proverbe chinois, là où il y a des nuages et du brouillard, on est assuré de trouver du bon thé. Ses feuilles sont ensuite séchées au soleil, sans être soumises à aucune forme de fermentation, ce qui leur permet de conserver intact leur parfum capiteux. Permettez… »

Prenant une pincée de feuilles entre le pouce et l'index, il la déposa au fond d'une petite tasse trapue dépourvue d'anse et y versa de l'eau. L'odeur végétale s'accentua, comme si un marécage miniature s'animait en émettant de délicates volutes de fumée. Mr. T. humait avec délices, tandis que lady Jane reculait imperceptiblement dans son fauteuil. Ce thé avait quelque chose de pas tout à fait comme il faut ; il lui paraissait mystérieusement indécent. Le marchand cependant lui en fit admirer la riche nuance de jade.

« Ce nectar est dégusté à la cour impériale depuis la dynastie Song, précisa-t-il. Sentez. »

Surmontant sa réticence, lady Jane étira le cou et inspira un petit coup. L'odeur puissante, presque musquée, provoqua un hoquet qu'elle réprima du mieux qu'elle le put. Sortant son mouchoir, elle demanda à voir un thé noir. Mr. T. soupira, puis saisit le troisième coffret, qu'il ouvrit. Le contenu dégageait un arôme épicé, parfumé, à la fois doux et piquant.

« Oh ! fit-elle, déjà conquise. Qu'est-ce que c'est ?

— C'est un mélange unique, un chai des Indes orientales, un savant assemblage de thé noir auquel on a ajouté, selon des proportions gardées secrètes depuis des générations, du poivre, de la cannelle, de l'anis étoilé, du gingembre, de la cardamome et d'autres épices. On le boit habituellement avec du lait chaud et une bonne dose de sucre. Laissez-moi vous y faire goûter. »

À l'aide d'une cuiller, il déposa au fond d'une nouvelle tasse le mélange de feuilles et d'épices, ajouta cérémonieusement un peu de lait et deux carrés de sucre avant de présenter le breuvage à lady Jane.

« Je dois cependant vous mettre en garde. Celui-ci est extrêmement fort ; on m'a dit qu'il arrivait qu'il donnât des palpitations aux dames, et qu'il était donc mieux indiqué pour ces messieurs, au goût desquels il est d'ailleurs plus accordé. »

Mais lady Jane ne l'écoutait plus. Yeux clos, elle savourait l'exquise infusion qui lui piquait à peine la langue et lui chauffait délicieusement la gorge.

« Cher monsieur Thompson, je prends tout votre stock. Alice vous paiera. »

Au début, seuls trois ou quatre matelots désœuvrés assistaient aux leçons dispensées dans la salle commune où Crozier faisait disposer quelques caisses en rangs d'oignons, sur lesquelles les hommes étaient libres de prendre place si bon leur semblait. Bientôt, les volontaires se firent plus nombreux. Un grand gaillard du nom de Paterson, le priant de ne pas se moquer de lui, vint lui demander de bien vouloir lui apprendre à lire. Un autre mit un point d'honneur à préciser qu'il savait, lui, déchiffrer toutes les lettres de l'alphabet (mot qu'il prononçait, Dieu sait pourquoi, alphabête), mais avoua qu'il ignorait comment les tracer. D'autres étaient curieux d'apprendre les principes de la physique, de l'optique, les lois de l'astronomie et du magnétisme, sujets sur lesquels Crozier se plaisait fort à s'épancher. D'autres encore occupaient ces quelques heures à compulser les ouvrages techniques et scientifiques qu'on avait embarqués par centaines. Curieusement, c'étaient cependant les romans et les ouvrages de poésie qui remportaient le plus de succès. Ces hommes qui considéraient auparavant la fiction comme un passe-temps tout juste bon à délasser les femmes (quand il ne mettait pas des idées délétères dans la cervelle des jeunes filles) s'arrachaient *Le Vicaire de Wakefield* et méditaient sur les poèmes de lord Tennyson – dont l'un des mérites, et non le moindre, consistait en ce qu'il était le neveu de sir John. Pendant ces précieuses minutes où l'entrepont était baigné d'une lueur blafarde, ce coin de la salle normalement encombrée et surpeuplée prenait des allures de scriptorium.

Un matelot de deuxième classe montra des talents inattendus pour la calligraphie ; un autre savait résoudre des équations à plusieurs inconnues sans l'aide d'un papier et d'une plume ; un assistant-cuisinier se prit de passion pour le magnétisme, science pour laquelle il possédait des dons certains, ainsi que Crozier le découvrit alors qu'il en exposait les principes fondamentaux à un petit groupe.

« Ainsi, si l'aiguille de la boussole pointe toujours vers le nord, c'est parce qu'elle est aimantée.

— Est-elle devenue aimantée, ou l'a-t-elle toujours été ?

— Certains métaux sont naturellement aimantés : le fer, par exemple, que l'on trouvait dans les environs de la cité de Magnésie, en Turquie, à laquelle le phénomène du magnétisme doit son nom. Pendant longtemps, ce sont ces métaux qui ont été utilisés dans la confection des boussoles. Depuis quelques dizaines d'années, toutefois, nous avons appris à magnétiser certains métaux en les chauffant puis en les refroidissant », répondit-il, heureux de les voir manifester un intérêt pour ces questions d'orientation dont leur survie pouvait en venir à dépendre.

« Mais, intervint à ce moment l'assistant aux cuisines, un jeune homme blond qui ne pouvait guère être âgé de plus de dix-huit ans, ce qui fait que l'aiguille pointe ainsi vers le pôle, c'est qu'elle y est attirée comme par un aimant? C'est donc la Terre qui fait elle-même office d'aimant, monsieur?

— Vous avez tout à fait raison», confirma Crozier, d'autant plus satisfait de constater que le mécanisme général, bien qu'abstrait et relativement complexe, pouvait être compris même par les plus simples.

«Mais, monsieur, reprit le jeune homme sur un ton éperdu, n'est-il pas vrai que les métaux aimantés sont toujours attirés par le pôle Sud de l'aimant, et non par le pôle Nord?

— Qu'est-ce qu'il raconte?» demandait-on à droite et à gauche.

À ces paroles, Francis Rawdon Moira Crozier, Fellow de la Société royale et de la Société royale d'astronomie en raison de l'importance et de l'excellence de ses travaux sur le magnétisme, qui avait pris part de près à la découverte du pôle Sud magnétique avant d'identifier l'emplacement du pôle Nord magnétique, resta sans voix.

Le jeune homme poursuivait, sur un ton où perçait maintenant le désespoir:

«Si c'est bien le cas, alors, le pôle Nord est en fait le pôle Sud de l'aimant, le pôle magnétique Sud, et le vrai pôle magnétique Nord se trouve dans l'Antarctique, n'est-ce pas, monsieur?

— Imbécile! lui souffla son voisin en lui assénant un coup de coude dans les côtes. Tu te crois au pôle Sud? Il ne fait pas assez froid pour toi? Tu te penses en Australie, peut-être, avec les Zoulous?»

Crozier ne releva ni l'impolitesse ni l'aberration ethnologique. Il avait senti la Terre s'ouvrir sous ses pieds, cette Terre qu'il avait pourtant sillonnée en long et en large, dont il avait exploré les continents et les mers, qu'il avait arpentée, mesurée, cartographiée, et dont les lois intimes continuaient manifestement de lui échapper. Comment n'avait-il pas songé à cela? Bien sûr, cela ne changeait rien : qu'on appelât un pôle «Nord» ou «Sud» ne modifiait ni son emplacement ni son fonctionnement. Mais s'il avait pu (et avec lui des générations d'explorateurs et de scientifiques) se méprendre de façon aussi grossière, comment croire qu'il n'avait point commis d'autres erreurs également tragiques?

L'assistant-cuisinier – Crozier se rendit compte à ce moment seulement qu'il ignorait son nom – s'était ramassé sur la caisse qui lui servait de siège. Immobile, les épaules rentrées vers l'avant, le menton penché sur la poitrine, il gardait les yeux levés vers son commandant dont il attendait une dénégation, une explication, une moquerie. De toute évidence, il souhaitait que l'homme debout devant lui, qui lui était supérieur par l'âge, la constitution, l'expérience, l'éducation, sans parler du rang et de la fortune, le détrompe ; il voulait que les choses reprennent la place qui avait toujours été la leur.

Mais Crozier ne songea même pas à le railler comme parfois il le faisait quand un des hommes posait une question par trop absurde. Il se borna à dire d'une voix étranglée que la leçon était terminée et donna congé à ses élèves sans leur soumettre, comme à son habitude, un problème de mathématique ou de logique qui leur occuperait l'esprit jusqu'au lendemain. L'assistant aux cuisines se leva avec les autres, le dos toujours voûté.

Crozier le rappela : « Hep ! »

Plusieurs paires d'yeux interrogateurs se levèrent.

« Toi ! » précisa-t-il en pointant du doigt le jeune homme, qui se rassit, résigné.

Quand les autres furent partis, Crozier prit place à ses côtés.

« Comment t'appelles-tu ?

— Adam, monsieur.

— Adam Tout-Court, ou as-tu aussi un nom de famille ?

— On m'appelle Adam Tuesday, monsieur, parce que j'ai été trouvé un mardi dans les marches de l'orphelinat. J'imagine que c'est mon nom de famille. C'est celui que j'ai signé en m'engageant, monsieur.

— Eh bien, Adam Tuesday, c'est à l'orphelinat, peut-être, qu'on t'a appris le magnétisme ?

— Non, monsieur. J'ai appris ici, à bord, dans les livres de la bibliothèque. Je n'en avais jamais vu un si grand nombre, et l'on m'a dit que je pouvais les lire une fois mon ouvrage terminé, ajouta-t-il rapidement comme un enfant qui s'attend à être grondé.

— On t'a dit vrai. Ces livres ont été embarqués pour le bénéfice de tous, et chacun peut les consulter comme il lui plaît. Alors, lesquels as-tu lus?

— Tous, monsieur.

— Tu as lu la totalité des ouvrages qui traitent de magnétisme?

— Oui, monsieur, et tous les autres aussi. J'ai particulièrement aimé les *Sonnets* de William Shakespeare, monsieur. »

12 janvier 1846

On a imaginé, pour tromper l'ennui des trop longs mois d'hiver, de ressusciter en quelque sorte le Théâtre de l'Arctique jadis créé par Parry pour divertir notre équipage. Les hommes s'y consacrent avec une ardeur et une bonne humeur qui montrent bien combien leur désœuvrement est profond. Ils ont réussi, je ne sais comment, à convaincre Stanley de tenir un petit rôle dans leur farce, de même que DesVœux, qui ne me semble pas homme à laisser passer une occasion de se mettre en valeur. Peut-être suis-je injuste à son endroit. Peut-être ne songe-t-il qu'au moral des hommes et se prête-t-il de bonne grâce à leur mascarade comme un grand frère accepte un instant de partager les jeux de ses cadets. Pour ma part, je me contenterai du rôle de spectateur – qui a aussi son importance, car il va de soi que ces clowneries n'ont de sens que si quelqu'un est là pour y assister.

Depuis une semaine, les leçons sont passées de deux heures et demie à une heure par jour. L'heure et demie ainsi libérée s'écoule en répétitions, en interminables conciliabules chuchotés. On aménage chaque jour dans un coin de l'entrepont un atelier où une dizaine d'hommes s'affairent à confectionner des costumes à partir de vieux uniformes, de couvertures et d'étoffes dont plusieurs ont été apportées spécialement pour l'occasion. On se tait et on a soin de cacher soigneusement tout travail de couture à mon approche comme à celle de tous ceux qui ne sont pas au nombre des comédiens et aux yeux desquels il ne faut rien laisser transparaître. Dans un autre coin, on s'active à assembler et à peindre des décors à l'aide de décoction de pelures d'oignons et de jus de betterave. Harvey, le cartographe, s'est laissé prendre au jeu, aussi suis-je assez curieux de voir le résultat.

Comme DesVœux et Stanley, il se refuse cependant à livrer le moindre détail, même si Read et Fitzjames essaient de lui tirer les vers du nez. La première et unique représentation de la troupe qui s'est baptisée « Le Théâtre Nordique de sa Majesté » doit avoir lieu dans une dizaine de jours. J'ai cru comprendre que le texte sera adapté d'un vieil ouvrage français déniché dans la bibliothèque de l'*Erebus,* et qui, dit-on, a fait rire les hommes aux larmes.

Le Voyage dans la Lune

Comédie en trois actes présentée par le Théâtre Nordique de Sa Majesté

Par ordre d'entrée sur scène :

Savinien Cyrano de Bergerac

Premier ami

Deuxième ami

ACTE I, SCÈNE 1

C'est la nuit. Trois amis éméchés marchent dans une rue faiblement éclairée et discutent. Au-dessus des toits se lève lentement la pleine lune.

Premier ami

Regardez comme la lune est ronde ce soir !

Deuxième ami

On jurerait une immense tarte à la meringue. Hum… Je n'en refuserais pas une pointe ! *(Ils rient.)*

Cyrano

Et si, messieurs, cette Lune était un monde comme celui-ci, à qui le nôtre servait de Lune ?

Deuxième ami

Mais bien sûr. Pourquoi t'arrêter là ? Que notre monde ne lui sert-il pas de Soleil, que diable ! *(Nouveaux éclats de rire.)*

Riez toujours. Qui vous dit que, en ce moment même, on ne se moque pas pareillement dans la Lune de quelqu'un d'autre qui soutient que ce globe-ci est un monde? Allez, bonne route.

(Les amis se séparent, toujours riant. Les autres s'en vont, Cyrano rentre chez lui. On entend divers bruits de verroterie, puis il ressort en portant une dizaine de fioles pleines de liquide.)

CYRANO, *se parlant à lui-même tout en fixant les fioles à sa ceinture*

J'ignorais jusqu'à ce soir à quoi j'utiliserais cette rosée minutieusement prélevée sur les pétales de mille coquelicots, opération qui a nécessité que je me lève avant l'aube pendant dix jours pour aller recueillir le précieux liquide avant qu'il ne s'évapore, irrésistiblement attiré par le Soleil. Or, puisque l'astre du jour est couché, il va de soi que cette rosée sera tout naturellement attirée par la Lune, et moi avec.

L'opération terminée, il débouche un à un les flacons, se frotte les mains et attend quelques secondes, puis il s'élève lentement au-dessus des toits.

ACTE I, SCÈNE 2

CYRANO
SIX SÉLÈNES
DÉMON DE SOCRATE

Un paysage vallonné et uniformément blanc sous un ciel noir piqué d'étoiles où l'on aperçoit une planète brune et verte plus grande que les autres ;

c'est la Terre. Cyrano est étendu sur le sol, ses fla-
cons répandus autour de lui. Il reprend ses sens.

CYRANO

Où suis-je? Oh, ma tête… Je ne me souviens de
rien. Que m'est-il arrivé? *(Regardant autour de*
lui) Mais… Serait-il possible que… Suis-je donc
arrivé sur…

Entrent un groupe de six Sélènes portant pour tout
vêtement une sorte de long pagne blanc. Ils ont la
peau et les cheveux blancs comme la farine, et
semblent fort énervés.

SÉLÈNES *(se montrant Cyrano du doigt)*
Woulou woulou woulou!

CYRANO

Messieurs, auriez-vous l'obligeance de me dire en
quel pays je me trouve, je vous prie? Je suis parti
de la ville de Paris, j'ignore si c'était il y a quelques minutes ou quelques heures, et me voici
parmi vous…

SÉLÈNES *(dont l'énervement grandit)*
WOULOU WOULOU WOULOU!

Ils approchent de Cyrano, l'aident à se mettre sur
pied et l'entourent. L'un s'empare de son chapeau,
un autre lui tire la moustache.

CYRANO

Messieurs, messieurs, je vous prie, un peu de
retenue. Veuillez cesser de m'importuner de la
sorte, sans quoi je…

Il veut prendre son épée, mais se rend compte
qu'elle n'est plus dans son étui. Les Sélènes

entament une danse rythmée autour de Cyrano
qui cherche en vain à échapper à leur cercle.

Démon de Socrate *(hors scène, menaçant)*
LOUWOU LOUWOU LOUWOU!

Les Sélènes effrayés se dispersent, laissant tomber
le chapeau et les gants de Cyrano. Le Démon de
Socrate apparaît. Il est vêtu d'une longue toge.

Démon de Socrate
Veuillez excuser, messire, ces esprits simples. Ils n'ont point l'habitude des visiteurs. Car vous venez de la Lune, n'est-ce pas?

Cyrano
Merci, monsieur. *(Réfléchissant à ce que l'autre lui a dit)* De la Lune? Mais j'arrive au contraire de la Terre, d'une ville qui a pour nom Paris...

Démon de Socrate *(l'interrompant)*
Ah, Paris... J'ai vécu à Paris, moi aussi, jadis... Mais je m'égare; je suis ravi de vous voir, monsieur, il y a bien longtemps que je n'ai pas eu l'occasion de converser avec un compatriote. Si longtemps, en fait, que j'ai pris l'habitude de désigner le monde qui est le vôtre comme le font les habitants d'ici... Mais vous devez être épuisé après ce long voyage. Il y a tout près une auberge où vous pourrez vous restaurer. Permettez-moi de vous y accompagner.

Cyrano
Avec plaisir, monsieur... monsieur... À qui ai-je l'honneur?

DÉMON DE SOCRATE

On m'a donné plusieurs noms en mon temps : Hélie, Énoch… Mais celui que je préfère est sans contredit celui de Démon de Socrate.

CYRANO

Fort bien, monsieur le Démon. Mon nom est Savinien Cyrano de Bergerac.

DÉMON DE SOCRATE

Je n'ai plus de chez-moi depuis bien longtemps, mais vous avez deviné juste, monsieur de Bergerac, vous êtes sur ce qu'on appelle chez vous la Lune.

ACTE I, SCÈNE 3

CYRANO
DÉMON DE SOCRATE
L'AUBERGISTE

Une salle d'auberge, deux tables, quatre chaises, une marmite fumante dans l'âtre. Ici aussi, tout est blanc. Cyrano et le Démon de Socrate prennent place à une table. L'aubergiste apparaît, agite le bras devant ses clients. Cyrano est éberlué, mais son compagnon répond en secouant la jambe et l'aubergiste disparaît.

CYRANO

Qu'est-ce donc que cette pantomime, monsieur ?

DÉMON DE SOCRATE

C'est que le langage le plus souvent en usage chez le peuple s'exécute par les trémoussements des membres, où certaines parties du corps signifient un discours tout entier. L'agitation par exemple d'un doigt, d'une main, d'une oreille, d'une lèvre, d'un bras, d'une joue feront chacun en particulier une oraison ou une période avec tous ses membres. D'autres ne servent qu'à désigner des mots, comme un pli sur le front, les divers frissonnements des muscles, les renversements des mains, les battements de pied. Ainsi, me figurant que vous deviez avoir grande faim après votre périple, j'ai demandé pour vous un potage. Je le sens d'ailleurs qui approche.

CYRANO, *reniflant*

Vous avez raison, je le sens aussi. Quelle odeur délicieuse. Je crois bien que de toute ma vie il ne m'a été donné de humer aussi doux parfum.

DÉMON DE SOCRATE

Eh bien! Régalez-vous.

Cyrano attend, de plus en plus impatient. Le Démon de Socrate se lève.

CYRANO

Hé! Où diantre est ce potage? Avez-vous fait gageure de vous moquer tout aujourd'hui de moi?

DÉMON DE SOCRATE

J'aurais dû songer à vous prévenir : nous ne vivons ici que de fumée. L'art de la cuisinerie est de renfermer dans de grands vaisseaux moulés après l'exhalaison qui sort des viandes, et en ayant ramassé de plusieurs sortes et de différents goûts, selon l'appétit de ceux que l'on traite, on débouche le vaisseau où cette odeur est assemblée, on en découvre après cela un autre, jusques à ce que la compagnie soit tout à fait repue. Une fois le festin terminé, l'on paie en vers.

CYRANO

Ah, ça, cessez de vous moquer de moi. Il n'est nul pays, nulle planète dont le lombric soit la monnaie d'échange, fût-ce pour acheter un fumet.

DÉMON DE SOCRATE *(riant)*

Non, certes, mais les taverniers sont friands de rimes. Ainsi, quand bien même nous ferions ripaille ici pendant huit jours, nous ne saurions dépenser un sonnet, et j'en ai quatre sur moi, avec neuf épigrammes, deux odes et une églogue.

Ils sortent.

12 mars 1846
Île de Beechey, 74° 70' N 93° 33'O
-9°F

Avons aperçu hier des Esquimaux, qui ont installé leur Campement à proximité du Ter-ror et de l'Erebus. Ils n'avaient jamais vu d'Hommes Blancs, et nous avons dû, pour les rassurer, avoir recours à ce Symbole Universel de Bonne Volonté qu'est le Rameau d'Olivier. Une fois rassurés, ils ont accepté des Présents et nous ont donné en échange quelque révol-tant Bout de Viande dont ils semblent croire qu'il s'agit d'une Friandise alléchante. Cro-zier y a mordu. Je crois bien qu'il aurait Mangé de la Neige pour ne pas Déplaire à nos Hôtes.

Sir John se massa pensivement le poignet. Écrire le fatiguait. Se relisant, il lui sembla que son récit ne rendait pas suffisamment compte du caractère extraordinaire de la ren-contre, du danger évité ni du spectaculaire succès de ses entreprises diplomatiques, au-tant de choses que lady Jane devrait peaufi-ner s'il entendait livrer aux lecteurs une peinture qui soit digne des événements. Pour faire bonne mesure et orienter son épouse, il crut cependant nécessaire d'ajouter :

J'ai pu observer Personnellement que les Hommes sont, comme on le soupçonnait, en-tièrement Imberbes. Ils sont Féroces, et ont fait Maints Gestes Menaçants dans notre di-rection avant que nous ne Hissions, à ma Suggestion, le Pavillon sur lequel apparaissait le Rameau d'Olivier qui les a immédiatement Pacifiés.

À vrai dire, les choses ne s'étaient pas passées exactement ainsi ; il ne s'était pas tout à fait assez approché pour examiner la pilosité faciale de ses visiteurs, mais qu'à cela ne tienne, il était relativement certain que ceux-ci en étaient dépourvus – et qui irait le contredire ? Un élément d'importance lui revint en mémoire et il traça d'une plume efficace :

Ils sentent fort Mauvais.

12 mars 1846

Pour la première fois depuis que nous sommes englacés au large de l'île Beechey, nous avons reçu la visite d'Esquimaux. Manifestement, ceux-ci n'avaient jamais vu d'hommes blancs ni de bateaux ni même de bois, car ils ont passé de longues minutes à ausculter les œuvres mortes du navire comme s'il se fût agi de la carcasse d'une baleine.

Leur petit groupe se composait de trois hommes et de deux femmes, dont l'une était repoussante, presque complètement édentée, ce qui ne l'empêchait pas d'avoir un large sourire, tandis que l'autre, plus jeune, aurait pu être jolie si ses cheveux et sa peau n'avaient pas été couverts d'une couche d'huile rance et si tout son être n'avait pas dégagé une puissante odeur de poisson.

Ils sont arrivés sur trois traîneaux tirés par une vingtaine de chiens malingres, langue pendante, auprès desquels notre brave Neptune fait figure de pacha. Hommes et femmes étaient vêtus de peaux de bête qu'ils portaient à la manière de pelisses, c'est-à-dire le pelage tourné vers l'intérieur, de mitaines et de bottes aussi faites en peau. En les apercevant, les membres de l'équipage, qui, pour la plupart, ne connaissaient des Esquimaux que ce qu'ils avaient pu en lire dans les récits de sir John – donc fort peu, si je puis me permettre –, se sont mis à pousser des cris de joie comme à la vue de quelque animal fabuleux. Il est vrai qu'il y a maintenant plus de six mois qu'ils n'ont aperçu aucun nouveau visage et il est normal que l'apparition d'une créature humaine, s'agît-il d'un Esquimau, soit saluée par des explosions d'allégresse. Nos hôtes se sont cependant montrés circonspects, refusant obstinément, malgré nos gestes et nos exclamations, de s'approcher des navires. Sir John a proposé que l'on hisse sur un bâton un drapeau blanc sur lequel apparaissait un rameau d'olivier, symbole universellement employé, selon lui, pour afficher ses intentions pacifiques, et sur la signification duquel il ne saurait y avoir de confusion. J'ai bien tenté de lui expliquer que ces hommes n'ayant jamais aperçu d'olivier de leur vie ne sauraient que faire de ce pavillon, la chose a tout de même été confectionnée en un tournemain et brandie bien haut. Les trois hommes se le sont montré du doigt et ont palabré entre eux, toujours sans oser faire un pas en avant. J'ai du mal à dire qui, du petit groupe de sauvages ou de nos jeunes matelots, était le plus décontenancé devant la présence de l'autre. Un long moment s'est passé ainsi, en observation mutuelle. Les Esquimaux ne comprenaient absolument pas comment nous avions pu arriver là où nous nous trouvions. À leurs gestes et à quelques mots que je reconnaissais, j'ai compris qu'ils se demandaient si nous avions tiré les navires sur la glace ou si nous étions arrivés par les airs.

Sir John m'a ensuite invité à descendre à terre en sa compagnie pour tenter de communiquer avec les sauvages, mais ce fut peine perdue. Fascinés par les boutons qui ornaient nos uniformes, ils n'avaient que faire de nos paroles et de nos pantomimes.

Sir John a fini par offrir au plus vieux des hommes un petit miroir, présent qui fut fort apprécié. Découvrant son image dans la glace, l'homme n'a eu de cesse de la tourner et de la retourner en tout sens afin de découvrir cet être curieux qui se cachait derrière ou à l'intérieur. Toujours mystifié, il l'a finalement tendue à celui qui se tenait à ses côtés pour plonger la main dans sa botte, dont il a sorti un morceau de viande séchée presque violacée qu'il a offert en retour. Sir John me l'a tendu sans y avoir goûté, ce qui a semblé décevoir nos visiteurs.

18 mars 1846

Les Esquimaux ont établi leur campement à proximité des navires, par curiosité, peut-être, ou bien par intérêt, soit qu'ils croient que ces énormes créatures de bois sauront les défendre en cas d'attaque, soit qu'ils attendent de nouveaux présents de notre part, ayant fort goûté les casquettes, boutons, ustensiles et autres colifichets que nous leur avons offerts. La plus jeune dès femmes a fixé à une lanière de cuir qu'elle porte au cou la cuiller d'étain qu'on lui a donnée et qu'elle arbore comme le plus précieux des bijoux. Ces gens sont extrêmement pacifiques, ils sourient continuellement, même quand nos hommes s'efforcent de les faire tourner en bourrique. Nous entendons hurler leurs chiens à toute heure du jour et de la nuit, chant à la fois inquiétant et rassurant car il indique, pour la première fois depuis des mois, que nous ne sommes plus seuls sur la banquise. Neptune s'est mis en tête de leur répondre et, levant le museau vers le ciel, arrondissant les babines, il pousse de longs ululements auxquels le chœur des autres réplique à son tour.

Nous les avons invités hier à venir visiter l'intérieur des navires. Jamais il ne m'a été donné de lire une surprise aussi grande sur un visage humain. S'attendaient-ils à découvrir des côtes, des entrailles et des organes dans les œuvres vives du *Terror* et de l'*Erebus*? Il n'est nul moyen de le savoir, car nos visiteurs parlent un dialecte différent de celui que Blanky, le maître de glace, et moi baragouinons – bien mal, il faut l'avouer.

Il n'est toutefois nul besoin de traducteur pour comprendre les regards lubriques dont nos hommes couvent la plus jeune des jeunes femmes – elle a pour nom Atsanik – et même, pour certains, son aînée qui ressemble pourtant, avec son visage ridé et sa bouche dépourvue de dents, à un pruneau sec. Atsanik accueille ces hommages peu subtils avec la bonne humeur qu'elle met à toute chose, tout particulièrement, me semble-t-il, quand ils viennent des matelots les plus jeunes et les plus gracieux. Je l'ai vue hier aller mettre dans la main d'Adam un petit morceau d'ivoire qu'elle avait tiré de son manteau, avant de s'enfuir en riant comme une gamine. Cette proximité avec des femmes, bien qu'esquimaudes, ne me dit rien de bon, et je compte bien en parler à sir John, qui devrait leur dire d'aller s'établir plus loin.

Lady Jane n'est jamais tant sortie. Depuis le départ de son explorateur de mari, on se bouscule à sa porte, son carnet ne désemplit pas. Elle est le centre d'attraction de toutes les réceptions où elle se présente. Ces dames qui l'ont accueillie avec une politesse glaciale à son retour de Tasmanie, dont sir John avait été le gouverneur sept ans avant d'être rappelé sans ménagement dans la métropole, n'osent plus organiser une soirée, un encan ni le moindre thé sans la prier d'honorer l'événement de sa présence. Après avoir savouré sa vengeance au cours des premiers mois et pris plaisir à accepter leurs invitations pour se désister à la dernière minute en prétextant une vague migraine, elle a fini par trouver cet état de choses tout naturel et refuse de s'abaisser à vouloir indisposer ou humilier davantage ses anciennes ennemies. Cela serait indigne d'elle, redevenue, comme il se doit, l'épouse non pas d'un obscur fonctionnaire rapatrié quasi dans la honte, mais du héros de l'Arctique, de l'homme qui, pardi, avait mangé ses souliers!

Elle accepte donc le plus gracieusement du monde les marques d'amitié qu'on lui prodigue de toutes parts, se bornant parfois, quand vraiment l'accueil a été par trop impoli à son retour d'Océanie, à plisser les yeux une seconde et à faire mine de ne pas replacer immédiatement son interlocutrice.

«Très chère, comment vous portez-vous? Ah, mais vous avez une mine superbe!» s'exclamait-on avec un rien d'émerveillement dans la voix, comme si on s'étonnait qu'elle résistât si bien aux rigueurs du climat polaire. Puis, croyant peut-être que l'épouse du héros disposait de quelque moyen de communication inconnu du commun des mortels et qui lui aurait permis de connaître le progrès de son illustre époux: «Quelles sont les nouvelles?»

Lady Jane répondait sans s'émouvoir que les navires devaient avoir cartographié depuis longtemps le détroit de Lancaster, ou même découvert l'entrée du Passage, qu'ils avaient sans doute fait halte pour l'hiver dans une baie protégée pour compléter leur mission l'été venu. On s'éloignait en murmurant «Quelle femme.»

Quand elle n'était pas invitée à dîner ou à prendre le thé, quand elle ne recevait pas elle-même l'un ou l'autre membre de la Société royale ou de la Société royale d'astronomie accompagné de sa charmante épouse, un haut gradé de l'Amirauté accompagné d'idem, ou d'obscurs géographes, cartographes, scientifiques férus de magnétisme ou de phénomènes électriques (ceux-ci le plus souvent restés vieux garçons), lady Jane s'asseyait à la table à dessin que lui avait offerte sir John, lequel s'était imaginé que sa femme y passerait des heures délicieuses à peindre à l'aquarelle, à composer des acrostiches, à broder ou occupée à quelque autre aimable passe-temps féminin. Elle étalait devant elle les cartes dessinées par Scoresby, Ross, Parry, qu'elle étudiait avec le plus grand soin, notant systématiquement les différences, les incohérences et jusqu'aux plus légères variations qu'elles présentaient. Sur un épais papier crème, elle traçait d'un geste sûr les côtes du pays de glace, qui lui étaient maintenant si familières qu'elle aurait pu en faire le dessin à main levée, les yeux clos. Là où les cartes divergeaient, elle esquissait d'un trait léger, presque aérien, les différentes observations et hypothèses des marins qui s'étaient succédé dans ces eaux depuis le début du siècle. Le résultat, étrange, était une carte des possibles, où au milieu d'un bras de mer se dressait et ne se dressait pas une chaîne de montagnes, où une baie était enveloppée de baies semblables plus vastes et enchâssait leurs jumelles miniatures comme autant de poupées russes, un paysage d'ivrogne traversé trois fois par la même rivière qui redevenait brièvement une avant que de se dédoubler à nouveau. Pour s'y retrouver dans ces tracés labyrinthiques, lady Jane avait assigné à chacun des explorateurs une couleur, qu'elle appliquait avec plus ou moins de force selon le crédit qu'elle accordait à la représentation qu'il avait faite du terrain. L'ensemble de lignes bigarrées aurait été incompréhensible à tout autre qu'elle, et si d'aventure sir John avait pu voir son épouse studieusement penchée sur le papier où elle appliquait ses couleurs, il aurait effectivement pu croire qu'elle s'était mise à l'aquarelle.

Mr. Bingley et Mr. Darcy dormaient à ses pieds, leurs ventres blancs exposés aux flammes qui crépitaient dans l'âtre. De temps à autre, leurs longues babines étaient parcourues d'un frémissement, leurs pattes s'agitaient en mouvements désordonnés tandis qu'ils pourchassaient en rêve quelque gibier. Leur souffle s'accélérait, et parfois un ululement s'élevait, que lady Jane faisait promptement taire d'un petit coup de sa pantoufle de soie.

Serait-il jamais venu à l'esprit de miss Jane Griffin d'épouser John Franklin si son amie Eleanor Anne Porden ne lui avait pas montré pour ainsi dire la voie à suivre?

Ses premières rencontres avec le célèbre explorateur lui avaient laissé une impression si peu marquante qu'elle avait ressenti le besoin, peu avant son mariage, de consulter le journal qu'elle tenait à l'époque pour y biffer quelques commentaires par trop désinvoltes sur celui qui était destiné à devenir son époux et pour insérer, ailleurs, deux ou trois remarques volontairement floues qui pouvaient laisser croire qu'elle avait, dès le début, pressenti quel être extraordinaire il était et la place non moins extraordinaire qu'il allait occuper dans sa vie.

À la vérité, elle avait été déçue par le héros de l'Arctique qui, revenu depuis quelques mois de son périple catastrophique au cours duquel quatre des hommes qui composaient son expédition avaient perdu la vie de façon assez obscure, venait à peine d'en publier un récit plutôt complaisant quand elle fit sa connaissance. De taille moyenne, le teint rouge, corpulent, il parlait haut et fort, et était toujours le premier à rire de ses propres bons mots, lesquels étaient assez rares. En outre, il avait d'assez mauvaises manières à table et semblait étonnamment peu intéressé par les développements techniques et scientifiques qui ne touchaient pas directement à son champ d'expertise. Il ne se lassait pas de relater ses aventures – et Jane, l'entendant à quelques reprises faire le récit d'un même épisode devant un public différent, ne put s'empêcher de remarquer qu'il le reprenait exactement dans les mêmes mots, comme s'il avait écrit sa relation, l'avait apprise par cœur devant une glace pour pouvoir ensuite la réciter avec emphase –, et semblait incapable de prêter attention plus de quelques minutes au discours de qui que ce soit d'autre. Dès que son interlocuteur prenait la parole, il s'agitait, frétillait sur son siège comme un enfant qui s'ennuie puis, n'y tenant plus, finissait par interrompre le conteur pour se lancer dans un nouveau monologue déclamé d'une voix de stentor. Il était impossible d'ignorer que l'homme avait réussi.

Chose certaine, il ne ressemblait en rien aux héros fiévreux qui peuplaient les romans dont se délectait Jane ni aux personnages éthérés que mettaient en scène les poèmes d'Eleanor. Celle-ci avait publié à l'âge de seize ans un formidable conte de 60 000 vers intitulé *Les Voiles,* lequel avait valu à la jeune prodige une reconnaissance instantanée et une élection au prestigieux Institut de France. Eleanor avait offert un exemplaire de son œuvre à Jane Griffin au début de leur amitié. Il s'agissait d'un objet curieux, une ode enflammée à la fois savante et baroque où l'exaltation romantique le disputait à la ferveur scientifique. C'est ce poème qui avait poussé Jane à rechercher l'amitié de la jeune femme qui, si elle lui était inférieure par la condition et les relations, se révélait du moins son égale sur le plan intellectuel.

Âgée de vingt-trois ans quand Jane fit sa connaissance, Eleanor Anne Porden était une petite personne délicate aux traits fins, au teint pâle, dont l'apparente fragilité laissait cependant deviner un esprit vif et une volonté de fer. Ses manières douces mariaient une exquise civilité à une contenance discrète, et elle s'exprimait en toute occasion d'une voix basse et musicale. Jane Griffin tomba donc des nues quand elle apprit non pas que le héros de l'Arctique faisait une cour insistante à la jeune poétesse (cela lui semblait dans l'ordre des choses), mais que celle-ci, loin de s'efforcer d'échapper à ses attentions, les accueillait gracieusement. Si on l'avait priée de choisir un mari potentiel pour son amie, Jane aurait presque certainement élu un philosophe au front expressif, féru de musique et de poésie, et qui aurait su lui déclamer en grec les œuvres des Anciens ; une âme noble, éprise d'idéal, tout entière vouée à la recherche du Beau et du Vrai.

Il lui arriva même de se demander si son amie n'avait pas quelque motif secret de convoler ; la gêne financière de sa famille était-elle plus grande encore que Jane ne le soupçonnait? Se pouvait-il qu'elle fût *obligée* de consentir à cette union?

Jane changea cependant rapidement son fusil d'épaule après le mariage – auquel, retenue à l'extérieur de la ville, elle ne put malheureusement assister. (Elle fit néanmoins parvenir au couple une fort jolie aiguière d'argent, accompagnée d'une lettre exprimant ses regrets et ses meilleurs vœux de bonheur.) On lui raconta que la cérémonie avait été étonnamment sobre compte tenu du goût du marié pour le flamboyant, et qu'elle n'avait été marquée que par un léger malaise de la mariée, qui avait eu tôt fait de se remettre. On s'était beaucoup extasié sur un portrait en pied de Franklin, quasi grandeur nature, que ce dernier avait offert à cette occasion à sa jeune épouse, pour le remplacer quand il ne serait pas là. Ledit portrait fut bientôt accroché à la place d'honneur dans la salle à manger où, comme sir John ne partit pas avant plusieurs mois, il faisait à son modèle un jumeau silencieux toisant noblement la table.

Si Jane avait craint de voir sa jeune amie s'étioler à la suite de son mariage, si elle avait redouté qu'elle ne cède en toute chose à l'influence de son illustre époux jusqu'à disparaître dans son ombre, elle eut la surprise de constater que c'est lui qui accusa les changements les plus visibles. D'abord, il se mit à apprécier la musique, alors qu'il n'avait jamais fait montre du moindre intérêt pour la chose musicale, allant jusqu'à s'endormir quand une dame s'assoyait au piano-forte. Il avait aussi commencé à acheter des tableaux et des bronzes de manière avisée, constituant en peu de temps une jolie collection. Enfin, lui qui observait scrupuleusement les préceptes de l'église méthodiste – au point non seulement de refuser de rédiger une lettre le dimanche, mais même de lire ce jour-là une missive qui lui était adressée –, accepta, après une brève discussion, que sa femme poursuive son œuvre (ce qui était exceptionnel en soit), et qu'elle le fasse le jour du Seigneur si elle l'entendait ainsi. Parmi les jeunes et fringants capitaines qu'avaient épousés un grand nombre de ses amies, bien peu, Jane le savait, auraient fait preuve de la même compréhension ou, peut-être plus exactement, de la même malléabilité. Voilà qui était extraordinaire : John Franklin était tout prêt à apprendre, à changer, à s'améliorer. Ne lui manquait qu'une main ferme pour le guider.

Eleanor disparue à la suite d'une longue phtisie, Jane Griffin n'avait eu aucun mal à se convaincre que son amie aurait désiré plus que tout au monde qu'elle-même prît sa place auprès de son époux et de sa fille. Ce qui fut fait. Mais c'est toujours en vain que lady Jane chercha, sur les traits de la fille de sir John, le souvenir de ceux de sa mère, dont elle ne partageait que le nom. Alors qu'Eleanor Porden était une créature vive, sensible, à la curiosité et à l'esprit aiguisés, Eleanor Franklin n'était ni plus ni moins qu'une version féminine de son père, dont elle avait la carrure solide, le visage rond, le teint rose et les traits épais. En outre, elle était le plus souvent maussade et renfrognée et évitait de prononcer la moindre parole en présence de sa belle-mère à moins d'y être quasiment contrainte.

Jeune, Eleanor fut le plus souvent laissée aux bons soins d'une nurse, puis, plus âgée, confiée à divers parents chez qui Jane l'envoyait séjourner tandis qu'elle allait explorer l'Europe, l'Afrique ou l'Amérique, ou se consacrait tout entière à ses obligations londoniennes qui ne lui laissaient guère la liberté de s'encombrer d'une enfant – *a fortiori* si celle-ci était aussi peu gracieuse que son infortunée belle-fille.

Les
VOILES

ou

LE TRIOMPHE DE LA CONSTANCE
Poéme en six livres

par
mademoiselle Porden

De la Terre et de l'Air, de la Mer et du Feu
Je chante, et des diverses merveilles d'iceux.
Si ma lyre se tourne vers des thèmes laborieux
« Des guerres farouches et d'amours loyales
mon chant tirera sa morale. »

UNE JEUNE FEMME, membre d'une petite société se réunissant périodiquement à des fins de divertissement littéraire, perdit son Voile (emporté par un coup de vent) alors qu'elle ramassait des coquillages sur la côte du Norfolk. Cet incident donna naissance au Poème qui suit, lequel fut originellement rédigé en courts chants, et par la suite étayé et modelé dans la forme où il est aujourd'hui respectueusement soumis au public. L'auteur, qui se considère comme une pupille de l'Institution Royale, où elle assistait à ce moment aux Conférences dispensées Albermarle-Street sur la Chimie, la Géologie, l'Histoire naturelle et la Botanique par sir Humphry Davy, Mr. Brand, Dr Roger, sir James Edward Smith et d'autres hommes éminents, fut amenée à combiner ces sujets avec son histoire. Quoique sa connaissance de ces derniers ait été en grande partie acquise oralement, et n'ait ainsi pu prétendre à l'exhaustivité ni même à la profondeur, comme cette connaissance était néanmoins puisée chez les meilleurs professeurs, elle espère qu'elle ne se révélera que rarement erronée.

Les rouages sont fondés sur la doctrine rosicrucienne, selon laquelle chacun des quatre éléments est animé d'une classe d'esprits particulière, système introduit en poésie par Pope et depuis mis à profit par Darwin, dans le *Jardin botanique* ; mais l'auteur croit que les êtres idéaux de ces deux distingués auteurs ne diffèrent guère plus l'un de l'autre que ceux évoqués dans le Poème qui suit. Elle a entrepris de les montrer représentant les différentes énergies de la nature, actives dans la mise en œuvre des diverses métamorphoses que connaît le monde physique ; mais le plan de son Poème ne lui permit pas de les exposer à l'envi. Un système de rouages poétiques du plus haut caractère peut être érigé sur la mythologie rosicrucienne ; mais la personne qui en dirige les opérations devrait posséder les connaissances scientifiques de sir Humphrey Davy, et l'imagination de lord Byron et de Mr. Scott.

En personnifiant métaux et minéraux, et l'opération du feu, l'auteur a le plus souvent emprunté les noms à la langue grecque ; mais comme il était impossible d'éviter la nomenclature de la chimie moderne, elle sollicite, plaidant la nécessité, l'indulgence de ses lecteurs pour ce qu'elle craint être une barbare mixture.

Conversant doucement avec un chevalier, je m'égarai
Dans les profonds méandres d'une clairière boisée,
Nos cœurs par la plus tendre des amitiés unis,
En quelques semaines Alfred fut mon mari ;
Le paysage y révèle sans cesse des charmes nouveaux
En bordure du bois se déploie une mince éclaircie
Coiffée de part et d'autre de divers végétaux,
Que les soleils étouffants de l'été n'ont pas encore roussis,
Plus bas dans le val, au pied de hautes collines,
Coulent en méandres les eaux d'une rivière cristalline
Au-dessus de laquelle pendent, sur la berge ornée de fleurs,
Les boucles gracieuses du saule pleureur.
Charmés par la scène, sous l'ombre bénéfique
Pour échapper au soleil de midi, nous restâmes une heure.
Le jeune homme était ferré en science botanique,
Et je demandai l'histoire d'une petite fleur,
De forme gracieuse, d'une teinte lilas clair
Dont le pistil tel le long bec de la grue jaillissait ;
Cette étude lui plut, et sur la berge de la rivière,
Notre thème s'enrichit d'innombrables sujets.
Le gai iris et la renoncule immaculée,
La marguerite jaune, à l'aube de Mai
Que les paysans rapportent à la maison joyeusement
Et tressent, en l'honneur du printemps ;
L'hyacinthe, de la violette la teinte pourprée,
Et le bleu du myosotis à l'œil doré,
Que le jeune Allemand noue en une gracieuse botte,
Et porte à son amour, soupirant : forget me not.
[...]

Les officiers supérieurs soupent à bord de l'*Erebus* comme ils le font assez fréquemment depuis le début de la nuit polaire. Évidemment, la conversation porte sur les Esquimaux établis tout près. Little et Gore se réjouissent de leur arrivée tels des enfants. On jurerait qu'ils ont découvert quelque créature mythique, une baleine blanche, une licorne qu'ils ne connaissaient que par les livres, et que cette rencontre les fait, eux, entrer dans la légende. Sir John en a vu d'autres, évidemment, lui qui a voyagé pendant des semaines en compagnie de sauvages, de même que Crozier, qui est le seul à comprendre des bribes de leur langue étrange et gutturale.

Malgré le froid et la nuit, l'humeur est presque à la fête. Il n'y a certes plus de viande fraîche depuis longtemps, mais on n'a pas fini de se régaler des oiseaux marins mis à saler et dont la chair violette et assaisonnée de cannelle et de clou de girofle rappelle un peu celle du cerf, sans compter que le cuisinier mitonne pour les officiers des ragoûts savoureux à partir de viandes séchées et de quelques-unes des conserves de Mr. Goldner. On a trouvé, dans certaines des boîtes, des bouts d'os et de couenne, un marmiton jure même y avoir découvert un œil, que Neptune a avalé avant qu'il ait pu le montrer à qui que ce soit, mais le contenu de ces boîtes de qualité douteuse va nourrir les matelots, tandis qu'on réserve évidemment les meilleurs morceaux pour la table du capitaine.

Comme on économise les chandelles, les bougeoirs fixés aux murs restent éteints, et l'on n'allume qu'un seul candélabre à trois branches au milieu de la table, dont la lumière projette sur les murs des ombres mouvantes.

DesVœux, qui a eu le loisir d'observer les Esquimaux au cours des derniers jours, s'étonne que des créatures à ce point primitives aient pu survivre dans un environnement tel que l'Arctique. S'entame alors pour une centième fois la discussion portant sur les tares et mérites des peuples sauvages qui, amorcée peu après l'embarquement, est éternellement reprise, développée, étayée, chacun restant farouchement campé sur des positions défendues avec de plus en plus d'âpreté, dispute jamais terminée, mais qu'on abandonne quand on en est las pour la reprendre plus tard là où on l'avait laissée, comme ces dames une broderie ou un ouvrage de tricot. Gore suggère que l'on tente d'établir des relations avec un ou deux groupes – de préférence composés uniquement d'hommes ou, à la rigueur, de vieilles femmes peu aguichantes – qui sauraient sans doute être utiles aux équipages des navires. DesVœux s'insurge :

« Comment peut-on faire confiance à ces sauvages qui vivent comme des animaux ?

— Il est vrai en effet que, comme l'animal, énonce doctement sir John dans un timide effort pour ménager la chèvre et le chou, ils ont un talent inné pour la chasse. Ils savent pister une proie pendant des jours et survivre dans des conditions inhumaines. Mais il est vrai aussi qu'ils ne connaissent ni l'ordre ni la beauté et ne respectent pas d'autre Dieu que leurs esprits animaux.

— Chez plusieurs peuples, intervient Crozier, des légendes racontent que la Terre était d'abord peuplée d'animaux et que l'homme n'y est venu qu'après.

— La Bible, par exemple ! » rétorque Fitzjames, dont la remarque est saluée par un tonnerre de rires.

Sir John ne partage pas cette hilarité ; il est certaines choses qui ne prêtent pas à rire. Il regrette toutefois de ne pas avoir de plume sous la main pour noter les principaux arguments échangés lors de cette conversation qui s'annonce particulièrement élevée et qui, il en est sûr, fera à son retour les délices de son épouse férue de rhétorique.

« Vous avez raison, opine Gore une fois que le calme est revenu. Là réside la différence fondamentale : alors que Dieu nous a faits maîtres de tout ce qui existe sur cette Terre, leurs fausses divinités les forcent à se plier à ce qu'ils trouvent autour d'eux. Raison pour laquelle, sans doute, ils ne connaîtront jamais le progrès et continueront pour toujours à arpenter la banquise vêtus de peaux de bêtes alors que nous avons conquis le globe.

— Mais, dit Crozier, bien que primitifs, ils savent merveilleusement tirer profit des maigres ressources qu'offre cet environnement : ils se vêtent de peaux de bêtes dont ils mangent la chair, ils utilisent le suif et le gras des animaux pour s'éclairer, leurs os pour confectionner des aiguilles et divers petits outils. Ils vont jusqu'à faire leurs maisons de cela même à quoi ils cherchent à échapper, puisqu'ils se servent de la neige pour se protéger du froid. »

Farlone est peu convaincu.

« Certes, je vous l'accorde, ils savent construire un igloo avec de la neige et de la glace et s'y terrer comme l'ours se tapit dans sa tanière. Mais cela n'a rien de bien remarquable. Montrez-moi une ville de neige, ou un palais de glace, et j'admettrai que ces sauvages puissent être considérés comme de véritables hommes. Ils n'ont aucune notion de la société, qui est le signe même de la civilisation, puisqu'ils vivent et se déplacent en bandes de cinq ou six, ou de quelques dizaines, à la rigueur, accompagnés par cinq fois plus de bêtes...

— D'ailleurs, laisse tomber Hornby, ils n'hésitent pas à les manger en cas de disette. »

Crozier semble dubitatif. On se penche au-dessus de son épaule pour prendre son assiette vide tandis que quelqu'un débouche une nouvelle bouteille de vin.

Sir John suit désormais la conversation plus distraitement. Il se sent le foie un peu engorgé.

«Moi aussi, répond Fitzjames, j'ai déjà entendu des histoires racontant que des chiens avaient été sacrifiés par des chasseurs à court de viande et incapables de tuer un phoque – et peut-être est-ce bien arrivé, mais j'ai du mal à croire que ce soit là une pratique courante. D'abord, les Esquimaux ont par trop besoin de leurs bêtes pour se permettre d'en disposer de la sorte ; et puis, ils sont très proches de leurs chiens. Ceux-ci sont véritablement leurs compagnons.

— Ah, mais justement ! intervient Des-Vœux en faisant claquer sa langue. Voilà une preuve de plus, s'il en était besoin, que ces êtres sont plus près de l'animal sauvage que de l'homme civilisé : qui se ressemble s'assemble, et il faut être un peu chien soi-même pour partager ainsi l'existence de ces quadrupèdes. »

Pris de nostalgie, sir John revoit en souvenir Mr. Darcy et Mr. Bingley qui dorment au pied du lit de lady Jane. Il lui semble, au contraire, que les petites créatures se sont considérablement humanisées au contact de son épouse. Quoi qu'il en soit, celle-ci n'apprécierait sans doute pas cette dernière intervention. Il l'omettra dans son exposé des différents points de vue.

Mais Crozier n'entend pas lâcher prise : « Cette prodigieuse capacité de s'adapter à une nature extraordinairement peu hospitalière, d'en exploiter les moindres ressources tout en vivant en harmonie avec elle, cela témoigne pourtant d'une forme, si ce n'est d'intelligence à proprement parler, à tout le moins de sens pratique et d'ingéniosité. »

Il s'interrompt, à bout de souffle. Le silence se fait brièvement autour de la table ; on ne lui connaissait pas tant d'éloquence. Sir John fait signe qu'on lui réserve du porto. Puis DesVœux reprend la parole, d'un ton légèrement moqueur :

« Vraiment ? demande-t-il. L'adaptabilité – c'est-à-dire la plasticité, la mollesse en somme – serait le critère dont on devrait user pour juger du degré d'inventivité des peuples ? Si tel est le cas, je n'en connais pas de plus évolué que celui de nos amis les poissons, si merveilleusement équipés pour vivre sous l'eau, où nous ne réussissons pas à survivre plus de quelques minutes ! »

Un nouveau tonnerre de rires salue cette sortie, et chacun renchérit :

« Ou des ours, à qui leurs réserves de graisse permettent de survivre à l'hiver sans manger !

— Ou des huîtres, dont la coquille est une véritable armure pour le mol animal qu'elles renferment…

— Ou du caméléon, qui prend à volonté la couleur du feuillage de l'arbre où il perche !

— Non, reprend DesVœux après avoir savouré son triomphe et reposé son verre de sherry vide sur la table avec un bruit sec, cette capacité de s'adapter à son environnement, loin d'être le signe du degré d'avancement d'un peuple, témoigne bien au contraire de son primitivisme. La civilisation ne consiste pas à se soumettre aux caprices de la Nature, vous en conviendrez avec moi, mais à la forcer à se plier à nos besoins, à la maîtriser et à la contraindre. »

Il regarde Crozier droit dans les yeux, et ce dernier pense soudain à Sophia avec une acuité douloureuse. Il serre les poings et veut répondre, mais l'autre n'a pas fini : « C'est ainsi que l'on construit des bateaux capables de fendre la glace plutôt que de se contenter de l'arpenter, tirés par des chiens. C'est ainsi que l'on écrit des livres qui rendent compte de nos découvertes et sont autant d'enseignements pour ceux qui nous suivront. »

DesVœux dirige maintenant son regard vers sir John, qui se rengorge, avant d'asséner le coup de grâce : « C'est ainsi que l'on construit des villes et des empires. C'est ainsi que l'on triomphe du chaos et que l'on assure le règne de l'ordre ! »

Se levant à demi, il fait une petite révérence, l'air de se moquer de lui-même pour s'être laissé aller à des déclarations aussi enflammées, mais, croisant son regard tandis qu'il se relève, Crozier n'y voit qu'une froide satisfaction.

Sir John, souriant, se félicite une fois de plus que son équipage compte parmi ses officiers des hommes d'une telle pénétration.

Crozier reste songeur. Il n'a pas la repartie aussi vive que DesVœux, dont il admire l'esprit pétillant. Il a besoin quant à lui de mûrir longuement des opinions avant que d'être capable de les mettre en mots et de les défendre. Il ne peut nier que la stricte capacité de s'adapter à son environnement ne saurait être considérée comme une preuve d'intelligence, mais demeure persuadé qu'il y a dans cette forme de fondamentale humilité une leçon à apprendre.

Il s'excuse et se retire tandis qu'on débouche une nouvelle bouteille de porto. Dans l'entrepont, les hamacs ont été suspendus pour la nuit et la plupart des hommes dorment déjà. Quelques-uns discutent à voix basse, d'autres ronflent ou geignent dans leur sommeil où sont venues leur rendre visite quelque bête redoutable ou quelque appétissante demoiselle. On aperçoit par terre l'ombre fuyante des rats qui ne sortent que la nuit. De la cuisine émanent les odeurs et les bruits habituels. On prépare le pain du lendemain.

La cabine de Crozier est, comme celle de tous les officiers, minuscule. Une étroite couchette est posée contre le mur du fond, sur un grand tiroir qui constitue l'unique rangement où s'entassent les vêtements et le linge, une Bible ayant appartenu à son père et à son grand-père avant lui, dans laquelle il conserve un daguerréotype de Sophia Cracroft qu'il a si souvent tenu entre ses doigts que les rebords s'en sont comme amincis et décolorés, des mitaines en lapin que sa sœur, pleine de bonne volonté, lui a fait confectionner et dont il refuse de se départir bien qu'il soit incapable d'y glisser les mains, et la première boussole que lui a offerte William Parry et dont l'aiguille gauchie pointe éternellement vers l'ouest.

Sur une minuscule tablette de chevet sont posés un rasoir, un blaireau, de la pommade, du savon et un petit miroir. Une écritoire est debout contre la cloison, de manière à occuper le moins de place possible. Il y a au mur une gravure de la campagne irlandaise, un lieu du nom d'Oughterard, où il n'est jamais allé mais où il joue à rêver de s'installer et de couler une vieillesse sans aventure, s'imaginant en train de tailler ses rosiers et de chasser la perdrix en compagnie de ses chiens tandis que Sophia brode au jardin.

Il se dévêt en claquant des dents. Le chauffage est maintenu au strict minimum. La température était supportable dans la grande pièce où dorment les hommes entassés, mais les cabines sont glaciales – raison pour laquelle Mayfair, à bord de l'*Erebus,* a l'habitude de faire venir dans la sienne un marmiton qui, dit-il, lui sert de bouillotte.

Crozier sait bien que ces choses arrivent communément sur les bateaux, même entre des hommes qui n'y ont point d'inclination. Sur son navire à lui, chacun dort dans sa couchette ou sur son hamac, et les contrevenants se voient privés de leur ration de grog pour une semaine.

Toujours grelottant, il se glisse sous les draps qui n'ont pas été lavés depuis des semaines, l'eau chaude étant comptée. Il tire sur lui la rude couverture de laine de la Compagnie de la Baie d'Hudson et ouvre sa Bible pour en sortir l'image de Sophia. La tenant devant ses yeux, il coule sa main droite sur son ventre, s'imaginant que les doigts qui se referment sur son sexe sont ceux de la jeune femme. Ses gémissements étouffés se mêlent aux soupirs qui montent d'une centaine de corps abandonnés à la nuit polaire.

Au début du mois d'avril, Sophia fut invitée, comme toutes les années, à passer une semaine au manoir d'Halsway, dans le Sussex, par sa cousine qui s'y ennuyait à mourir le reste de l'année aux côtés d'un mari épris de chasse et de chevaux mais sans goût aucun pour les mondanités, par quoi il entendait tout contact n'étant pas absolument nécessaire avec d'autres êtres humains. À l'anniversaire de sa jeune épouse, toutefois, il conviait ses amies d'enfance au manoir et laissait ces dames s'adonner à autant de thés, promenades, bals et autres occasions de réjouissance qu'elles l'entendaient.

Sophia et Amélia partirent ensemble de Londres, chacune accompagnée d'une malle où elle avait casé une bonne partie de sa garde-robe, car le printemps est une saison traîtresse, où il peut geler à pierre fendre un matin et faire un soleil radieux le lendemain. Valait mieux, par conséquent, parer à toute éventualité. Sophia ayant par ailleurs développé au cours des années des habitudes dont elle avait du mal à se départir, elle emportait avec elle ses oreillers de duvet d'oison (le seul qui convînt à sa nuque délicate), un masque de velours noir qu'elle enfilait pour dormir (ne supportant pas la lumière qui filtrait à l'aube à travers les rideaux de sa chambre à coucher) et une boîte de thé Darjeeling qu'elle offrirait en cadeau à son hôtesse mais qu'elle avait surtout soin d'apporter parce qu'elle se refusait à ingurgiter l'insipide mixture que celle-ci leur présentait au petit-déjeuner.

À leur arrivée, les invitées se voyaient offrir une légère collation et avaient le loisir de bavarder jusqu'au coucher. Dès le lendemain matin, toutefois, la ronde d'activités commençait pour ne se terminer que sept jours plus tard, avec le départ de ces dames.

Vers les huit heures, quelques coups discrets sont frappés à la porte de chacune, accompagnés de murmures s'enquérant poliment si madame désire quelque chose. Au besoin, de nouveaux coups sont frappés, un peu plus vigoureusement, cette fois, jusqu'à ce que parvienne, de l'intérieur de la chambre, une réponse intelligible. Les bassins d'eau chaude sont apportés pour que ces dames puissent faire leurs ablutions ; les femmes de chambre manient avec dextérité crinolines, jupons, corsets et autres accessoires essentiels, et bientôt les jeunes femmes sont prêtes à descendre pour le petit-déjeuner.

Arrivent peu après les fournisseurs, qui profitent de cette semaine où il y a des invitées au manoir pour venir étaler qui ses soieries les plus douces, qui ses bijoux les plus irrésistibles, qui ses gants les plus fins. Sophia se laisse habituellement tenter par quelque colifichet qu'elle oubliera une fois rentrée à Londres, tandis qu'Élizabeth profite de la manne pour s'approvisionner en cols, dentelles et chapeaux pour l'année à venir.

Ces dames sortent ensuite se promener dans les jardins entourant le manoir, où l'on aperçoit des biches aux grands yeux étonnés, des faisans, des perdrix, qui tous risquent de faire les frais du prochain repas. On marche d'un bon pas pour s'ouvrir l'appétit, car le déjeuner sera copieux.

On passe à table à treize heures tapantes pour le principal repas de la journée, constitué le plus souvent d'un plat de poisson et d'une des bêtes rencontrées plus tôt mise à rôtir, le tout accompagné de légumes du jardin, après quoi ces dames se retirent pour se rafraîchir et faire la sieste, mais brièvement, car la suite de la journée est réglée comme du papier à musique.

Les carrioles sont avancées au milieu de l'après-midi et l'on part rendre visite à l'un des nombreux châtelains des environs, ravi de recevoir cette compagnie jeune et enjouée, ou admirer dans un village voisin quelque modeste attrait. Le temps est particulièrement doux pour la saison et les jeunes femmes prennent plaisir à ces excursions où elles découvrent, au détour d'une place, une fontaine, le vitrail d'une église, un minuscule musée consacré à un peintre presque de premier ordre, fils illustre et orgueil de l'endroit, une fabrique de porcelaine ou les ruines de quelque donjon médiéval. Depuis les flancs doucement arrondis des collines, elles contemplent le panorama qui s'offre aux promeneurs ; dans la vallée noyée de la lumière dorée du printemps qui s'annonce, les arbres en leurs bourgeons sont nimbés comme d'une brume d'un vert très pâle, les maisons grises et rousses sont pelotonnées les unes contre les autres, des panaches de fumée s'élèvent en volutes de leurs cheminées comme des paquets de fourrure.

On rentre au manoir au crépuscule. Le thé attend madame et ses amies qui, affamées par l'air pur de la campagne, dévorent sandwiches et petits gâteaux, puis chacune remonte à sa chambre afin d'enfiler sa toilette du soir, car les invités arriveront sous peu, à moins qu'une famille du voisinage n'ait organisé un bal ou une réception.

Sophia réclame à nouveau de l'eau chaude, que les serviteurs montent en grommelant (pourquoi cette dame se croit-elle si sale qu'elle éprouve le besoin de se mettre à tremper soir et matin? Monsieur ne prend son bain qu'une fois par mois et ne s'en porte pas plus mal), puis elle se coiffe elle-même. Les réjouissances commencent vers vingt heures, et se poursuivront bien après minuit, heure où le mari d'Élizabeth, qui aime se lever avec le soleil, va se coucher, après avoir somnolé dans un fauteuil pendant toute la soirée.

Ces dames se retrouvent pour partager une collation avant d'aller au lit. Tout en savourant terrines, pâtés, mousses, fromages et viandes froides arrosés de vin de Bourgogne, elles repassent les événements marquants de la soirée. On attise les feux dans les chambres, on monte les bouillottes, et les trois amies vont bientôt se glisser sous leur édredon de plumes et sombrer dans un profond sommeil d'où elles seront tirées au matin par quelques coups discrets frappés à la porte.

Ainsi se déroule la vie au manoir d'Hals - way, en ce printemps de l'an 1846.

5 avril 1846

Ce matin, une troisième sépulture s'est ajoutée aux deux croix dont les bras décharnés se découpent sur le ciel blanc. William Braine, trente-trois ans, matelot à bord de l'*Erebus,* a été découvert sans vie dans sa couchette hier matin. On me dit qu'il a passé la semaine dernière pris de coliques et de crampes, à vomir une bile jaunâtre, comme quatre autres marins dont l'état semble toutefois moins inquiétant, mais que Peddie a tout de même placés en observation à l'infirmerie.

De nouveau, les équipages se sont rassemblés en silence sur la terre rocailleuse de l'île Beechey pour y abandonner l'un des leurs. Je ne peux m'empêcher d'imaginer que cette île stérile ne sera satisfaite que lorsqu'elle aura avalé les corps des 126 hommes qui la foulent aujourd'hui. Il me tarde plus que jamais de quitter cette terre maudite et de reprendre la mer. Dans quelques semaines, peut-être, les glaces qui enserrent l'*Erebus* et le *Terror* auront relâché leur emprise et nous pourrons repartir et traverser, si Dieu le veut, ce passage dont nul ne sait même s'il existe, mais en la réalité duquel j'ai maintenant besoin de croire sous peine de céder au désespoir, pour rentrer enfin en Angleterre. En écrivant ces mots, je me rends compte que même ce désir n'est pas entièrement pur, car je sais bien qu'à notre retour il me faudra voir la joie et l'admiration dans les yeux de Sophia à la vue de Fitzjames revenu sain et sauf. Pourtant je ne le hais point et ne l'ai jamais haï ; je ne lui souhaite aucun mal ; j'apprécie plutôt sa compagnie : il est d'humeur enjouée et c'est un bon compagnon. Le hasard a voulu qu'il fût beau, qui m'a fait ce que je suis.

Après avoir pris connaissance de l'ensemble des ouvrages de la bibliothèque du *Terror*, après avoir résolu les problèmes que présentaient les manuels de physique et de mathématiques, après avoir réfléchi aux paradoxes que soumettaient les traités de philosophie, après avoir lu et relu les *Sonnets* de Shakespeare jusqu'à pouvoir en réciter la majorité par cœur, Adam entreprit de se consacrer au phénomène qui le fascinait par-dessus tout depuis qu'il en avait découvert les principes fondamentaux dans quelques ouvrages théoriques et dont il lui semblait que tout le reste (formules mathématiques, allégories philosophiques, observations géographiques, et jusqu'à la poésie) n'était qu'une imparfaite illustration : le magnétisme. Il avait aperçu les instruments utilisés par Crozier et les officiers pour procéder aux différents relevés et avait maintes fois écouté ces derniers discuter des difficultés et des écueils de l'entreprise, longue et complexe, dont il était parvenu à se faire une idée assez exacte.

Reprenant pour la dixième fois l'introduction à la méthode de déclinaison la plus usuelle, il en prononçait les mots à mi-voix sans vraiment les lire, presque comme s'il les dictait :

On détermine habituellement le champ magnétique terrestre par la déclinaison et l'inclinaison, qui en donnent la direction, et par la valeur d'une des composantes. Il suffirait également de connaître la déclinaison et deux des composantes.

Pour connaître la déclinaison, il faut déterminer d'abord le méridien géographique, puis l'azimut dans lequel se place l'axe magnétique d'un aimant mobile autour d'un axe vertical.

Cette seconde observation présente quelques difficultés parce que l'axe magnétique d'un aimant n'est pas en général parallèle à l'axe de figure : on corrige l'erreur par le retournement face pour face en observant dans chaque position la direction d'une ligne de foi ; la moyenne des deux azimuts est celui qui passe par l'axe magnétique.

La ligne de foi est formée soit par les extrémités d'une aiguille taillée en losange aigu, soit par deux croisées de fils portés aux extrémités d'un barreau, comme dans la boussole de Gambey, soit par deux traits tracés sur les faces terminales de l'aimant et que l'on vise avec un microscope. On peut encore employer des barreaux creux transformés en collimateurs par un objectif encastré dans l'un des bouts et une échelle divisée sur verre ou un réticule à l'autre bout.

Supposons, par exemple, que l'on connaisse seulement la latitude du lieu. Soit OP l'axe du monde, OA la verticale, OE la direction de l'astre au moment de l'observation, l la latitude du lieu ou la hauteur du pôle, h la hauteur EQ de l'astre.

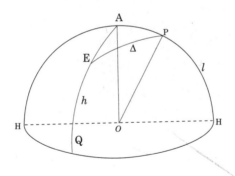

Dans le triangle sphérique APE, le côté PA est égal à 90° -l, le côté AE à 90°-h, le côté EP est la distance polaire Δ de l'astre ou le complément de sa déclinaison. L'angle h est donné par le cercle vertical et on fait la lecture correspondante des verniers sur le cercle horizontal.

En posant

$$h + l + \Delta = 2S,$$

les angles A et P seront déterminés par les formules

$$\cos \frac{A}{2} = \sqrt{\frac{\sin S \cos (S - \Delta)}{\cos l \cos h}},$$

$$\sin \frac{P}{2} = \sqrt{\frac{\sin S \cos (S - h)}{\cos l \sin \Delta}}.$$

Il prenait plaisir à disséquer lentement ces formules, décodant les instructions avec la même fascination que si elles lui eussent permis d'atteindre à la pierre philosophale, avec la conviction intime qu'elles menaient à quelque révélation fondamentale sur la vie secrète dont était animé le cœur de la Terre.

Ces équations recelaient un autre type de poésie, lequel n'était pas étranger, il en était sûr, à l'art pratiqué par Shakespeare, qui aurait sans doute su mieux que lui les mystères de la ligne de foi.

22 mai 1846

Immaculée à notre arrivée, la glace autour des bateaux ressemble par endroits à un terrain vague comme on en trouve dans les quartiers pauvres ; la banquise qui nous entoure est constellée de rebuts de toutes sortes, boîtes de conserve vides, bouts d'étoupe et de corde désormais inutilisables, gants dépareillés ou laissés à sécher au soleil puis oubliés, sans compter le contenu de centaines de pots de chambre dont nous avions pourtant ordonné qu'ils soient vidés en un seul et même endroit, à quelques centaines de pieds des navires, et qui forment ici et là des petits tumulus d'immondices heureusement gelés. Quand j'ai soulevé la question auprès de sir John cet après-midi, lui suggérant que nous ordonnions une corvée visant à nettoyer ces déchets, il m'a regardé d'un air étonné, comme s'il venait tout juste de remarquer leur présence, et m'a demandé comment donc je comptais en disposer – ce en quoi il n'avait pas tort, aussi n'ai-je pas insisté davantage. Mais la vue de tout cela qui se répand sur la banquise me soulève le cœur ; j'ai parfois l'impression que le contenu des entrailles du navire se déverse sur la neige comme une bile noire rejetée par l'estomac d'un malade.

1ᵉʳ juin 1846

Presque chaque semaine, pour peu que le temps le permette, un ou deux petits groupes sont dépêchés avec la mission d'effectuer des relevés magnétiques pour un territoire donné. Les instruments utilisés sont complexes et fragiles, et leur maniement exige doigté et minutie. Il faut faire preuve d'une patience d'ange pour rester, souvent pendant des heures, immobile sur la banquise, à manipuler avec mille soins compas, aiguille, roulettes que les doigts gourds ont peine à saisir. Comme cette tâche requiert en outre des habiletés mathématiques assez poussées, une vingtaine d'hommes tout au plus sont aptes à la mener à bien. Je tente de les répartir en équipes dont la composition varie d'une fois à l'autre et de n'en favoriser aucun, mais il m'est impossible d'ignorer que ces heureux mortels à qui il est donné d'échapper pendant quelques jours à l'atmosphère confinée des navires font l'envie des autres. Pour ma part, je ne suis parti que trois fois pour de semblables expéditions, longues de deux ou trois jours, et j'en suis revenu chaque fois émerveillé de la vastitude des espaces que nous prétendons quadriller.

L'entreprise apparaît à la fois nécessaire et dérisoire. Sera-t-il un jour possible de consulter un atlas des champs magnétiques terres-tres aussi facilement que l'on déroule aujourd'hui une carte où sont représentés les côtes, les marées, les courants et le relief? Ces forces souterraines dont nous commençons à peine à comprendre le fonctionnement nous aideront-elles à mieux nous orienter sur cette Terre, où ne forment-elles qu'un nouveau labyrinthe où nous égarer ?

Les cartes que nous sommes à dresser ont comme point central le lieu où le *Terror* et l'*Erebus* sont englacés, à partir duquel s'ajoutent, en cercles concentriques, les nouvelles observations au fur et à mesure qu'elles sont consignées. Il faut donc désormais pénétrer plus avant dans les profondeurs sauvages de l'Arctique afin de compléter ces relevés. La dernière fois, nous avons été témoins d'un phénomène des plus curieux, que je ne connaissais que pour en avoir lu le compte rendu dans les écrits de Ross (et je dois avouer, à ma courte honte, que je me souviens avoir cru au moment où j'en prenais connaissance que la description qui en était faite était tellement spectaculaire qu'elle ne pouvait être qu'exagérée). Au milieu de la plaine recouverte de neige bleutée, de vastes étendues rouges ou, plus exactement, d'un rose presque fuchsia, qui rappelle la couleur de la pastèque. Comme Ross, je peux affirmer que nous n'avons assisté à nulle chute de neige rose depuis que nous sommes ici, c'est-à-dire il y a près d'un an, aussi cette étrange coloration doit-elle advenir à même le sol, sous l'effet de quelque réaction chimique, d'une substance singulière ou d'un composé animal ou végétal. Quoi qu'il en soit, le résultat est des plus étonnants et l'on jurerait que de la pulpe de melon d'eau a été réduite en une bouillie rosée et mêlée à de la neige, où elle trace en certains endroits des veines plus foncées, telles qu'on en voit dans le marbre, pour s'estomper en dégradé subtil, formant un camaïeu rosacé sur fond blanc.

Peddie est convaincu que cette teinte est due à la présence de plantes ou de pollens microscopiques qui colorent la neige comme le fait le pistil du crocus plongé dans un liquide qui prend sur-le-champ une chaude couleur dorée. Pour ma part, je n'en sais trop rien, si ce n'est que ce curieux phénomène qui en inquiète plusieurs (certains matelots parlent du «sang de la Terre» en se signant, d'autres évoquent d'hypothétiques lieux de sacrifices esquimaux, ou de mystérieux carnages de troupeaux dont la neige aurait gardé l'empreinte) ne m'inspire aucune crainte. Il semble profondément à sa place ici, parmi les merveilles que recèle l'Arctique. Nous avons aussi aperçu ce matin un groupe de narvals, qui ne sont pas moins étonnants que la neige rouge, véritables licornes des mers. Les hommes ont voulu en abattre un, mais n'ont réussi qu'à lui infliger une assez vilaine blessure et il s'est échappé en laissant derrière lui une traînée rouge dans l'eau. Dommage, car nous manquons cruellement de viande fraîche. En outre, les Esquimaux estiment fort la corne de cet animal, dont ils confectionnent une multitude d'outils, et nous aurions sans doute pu échanger celle-ci, qui était de bonne taille, contre de la chair de phoque ou du poisson. Ce n'est que partie remise : la vie semble renaître dans l'eau comme sur terre. La nature polaire, morte pendant plus de six mois, noyée dans les ténèbres, connaît à l'été une renaissance aussi brève que spectaculaire. Des volées d'oiseaux emplissent le ciel. Sur la terre nouvellement débarrassée de neige pointe une flore miniature, mais aussi diverse que celle qui constitue nos forêts imposantes ; simplement, on dirait que tout y a été réduit pour mieux résister aux vents et aux froids incléments. Dès que les glaces auront desserré leur étreinte autour de la coque de l'*Erebus* et du *Terror,* nous pourrons repartir et compléter le passage entamé l'an dernier.

Sir John a-t-il reçu des ordres quant au nom à donner au mystique chemin ? Étrange - ment, je ne me suis jamais posé la question. Si c'est le cas, il ne m'en a rien dit. Je serais étonné que sir Barrow, qui a la réputation bien méritée de voir au moindre détail et de parer à toute éventualité, ait laissée irrésolue une question de pareille importance. Sans doute aurait-il aimé voir le passage du Nord-Ouest, la découverte du siècle, qui n'a peut-être d'égale dans l'histoire que la découverte de l'Amérique, porter son propre nom, mais je doute que l'orgueil l'ait aveuglé au point qu'il ait pu considérer sérieusement cette possibilité. Il aura plutôt choisi de baptiser le passage en l'honneur de la jeune reine Victoria, dont on le dit fort entiché. Elle est plus que jolie, il est vrai, mais bien frêle et inexpérimentée pour tenir fermement les rênes d'une nation aussi puissante.

Le ciel est aujourd'hui d'un bleu profond et vif que n'ont jamais connu les ciels d'Angleterre ou d'Irlande, et qui rappelle, par son éclat dur, ces lacs où vont se dissoudre les minéraux prisonniers des glaciers ou de la terre depuis des millénaires. La mer qui nous entoure, toujours recouverte de glace, n'a rien perdu de sa blancheur, ce qui fait qu'on pourrait croire qu'un géant facétieux ou distrait a renversé le globe pour déverser dans la voûte céleste les eaux bleues de l'océan, jetant dans celui-ci le blanc des nuages. Oh, qu'il me tarde de reprendre le large et de retrouver ma vraie patrie, qui est la mer.

12 juillet 1846

J'ai du mal à tenir la plume et plus encore à tracer ces mots de mes doigts encore gourds, après ces derniers jours passés enseveli sous la neige puis exposé aux quatre vents, mais je veux raconter ce qui s'est passé, et je dois me forcer à écrire.

Nous avions prévu cette expédition depuis une quinzaine, attendant les conditions climatiques les plus propices pour aller effectuer des relevés magnétiques, emportant avec nous suffisamment de provisions pour nourrir pendant plus d'une semaine les cinq hommes formant l'équipe que j'avais moi-même composée. Quand je lui ai appris qu'il nous accompagnerait, Adam ne se tenait plus de joie. Il y avait des semaines qu'il étudiait nuit et jour le fonctionnement de la boussole de Brunner et de celle de Gambey et les formules nécessaires au calcul de la déclinaison ; je n'avais donc aucun doute sur ses habiletés techniques.

Peddie avait aussi insisté pour être des nôtres, faisant valoir qu'il n'avait encore jamais pu s'éloigner des vaisseaux à l'été et qu'il ignorait donc presque tout de la flore et de la faune en cette saison. Quand je lui ai expliqué, un peu rudement, que nous avions mieux à faire que de courir les champs en cueillant des fleurs destinées à son herbier, il m'a répondu le plus tranquillement du monde qu'on ne savait jamais à l'avance quelle plante était susceptible de nous sauver la vie, et qu'on avait tout intérêt à apprendre à connaître les végétaux qui nous entouraient pendant qu'il en était encore temps. J'ignore s'il faisait allusion au trop bref été arctique, qui serait bientôt remplacé par l'hiver, ou à quelque autre fatalité aussi inéluctable mais plus générale. Qu'importe, il avait raison, et j'ai résolu de l'emmener.

Je dois cesser d'écrire pour souffler inutilement sur mes doigts raides et rougis. On dirait que le froid qui m'a transpercé jusqu'aux os ne me quittera vraiment jamais tout à fait. Il faut me réchauffer les mains quelques instants sur la tasse de thé fumant que l'on vient de déposer devant moi avant de pouvoir continuer.

Nous sommes donc partis au petit matin, avant les premières lueurs de l'aurore, et avons mis le cap vers le nord, dans l'intention d'explorer l'intérieur des terres de l'île Beechey, que nous n'avons pas encore eu l'occasion d'arpenter. Neptune caracolait à nos côtés, et je n'ai pas réussi à le renvoyer au bateau. À mon commandement, il restait assis quelques secondes, l'air misérable, avant de revenir vers nous en courant et en agitant frénétiquement la queue. Notre équipe s'est donc enrichie d'un chien. Le sol, gelé à notre départ, s'est réchauffé après midi, et les plaines glacées ont cédé la place à des tourbières meubles où l'on enfonçait jusqu'aux chevilles. Nous avons effectué une première série de relevés pendant l'après-midi, puis établi notre campement pour la nuit.

Les trois jours suivants se sont passés sans incident. Les hommes étaient ravis d'échapper aux quartiers confinés où ils avaient vécu entassés pendant tout l'hiver, et je dois avouer que je prenais moi aussi plaisir à me retrouver au milieu de vastes étendues, seul avec eux sous un ciel immense traversé, de temps à autre, par une volée d'oiseaux sauvages. Notre petite équipe travaillait vite et bien, évitant les bavardages inutiles. Chacun savait les gestes qu'il avait à faire et les exécutait sans que j'aie besoin de rappeler à l'un ou à l'autre la tâche qui lui était dévolue. Même Peddie m'a étonné par la pertinence et la justesse de ses observations, et je me suis félicité d'avoir accepté qu'il soit de l'expédi-tion. La température était relativement clé-mente, et les bourrasques de vent, adoucies par les rayons du soleil printanier qui ga-gnaient en force de jour en jour.

Au matin du quatrième jour, alors que nous devions rebrousser chemin, nous nous étions éloignés du *Terror* et de l'*Erebus* plus que je ne l'avais initialement prévu, mais j'avais décidé de profiter d'une si belle occa-sion pour couvrir le plus de terrain possible.

Au crépuscule de l'aube, le bruit du vent m'a réveillé et je suis sorti de la tente pour découvrir un paysage uniformément blanc. La neige avait tout recouvert, jusqu'au relief qui s'était émoussé et dont on ne distinguait plus que de faibles vallonnements dont il était impossible de savoir s'ils correspondaient à de véritables inclinaisons du terrain ou s'il ne s'agissait que de dunes de neige formées par le vent. Nous avons mangé notre bouillie d'avoine et bu notre thé partiellement à l'abri à l'intérieur des tentes où s'engouffraient des bourrasques portant des milliers de flocons durs comme la glace. Puis nous avons levé le camp et pris le chemin du retour. Il a cependant fallu nous arrêter après quelques heures ; on n'y voyait pas à deux pieds devant soi, et la neige qui recouvrait tout risquait aussi de dissimuler des crevasses profondes. Nous avons de nouveau monté les tentes, mais n'avions pas sitôt installé la seconde que la première s'est envolée sous l'effet du vent qui l'a soulevée de terre et emportée comme un grand oiseau aux ailes désordonnées. Nous nous sommes donc entassés tous les cinq dans le seul abri qui nous restait. J'ai inspecté ce qui subsistait des provisions suffisantes au départ pour une expédition d'une semaine, mais qui ne pouvaient guère nous durer plus longtemps. En plus d'une demi-livre de thé et d'environ une livre de chocolat, il nous restait une dizaine de rations de biscuit et quatre boîtes de conserve de deux livres. En calculant qu'il nous avait fallu trois jours pour atteindre, à un bon rythme, l'endroit où nous étions, nous avions suffisamment à manger pour nous permettre d'attendre une journée, deux tout au plus, avant de nous remettre en marche.

Le jour s'est passé à écouter les hurlements du vent qui, loin de décliner, semblait de plus en plus violent. Notre tente s'est trouvée plus qu'à moitié ensevelie sous la neige qui tombait sans discontinuer et quand, incapable de rester en place plus longtemps, j'ai voulu sortir reconnaître les environs, j'ai enfoncé jusqu'aux genoux et n'ai réussi à me déplacer qu'avec peine, chaque pas exigeant un effort considérable. Comme la tente était trop petite pour permettre à cinq hommes d'y coucher côte à côte, les autres ont dormi à tour de rôle tandis que j'ai passé la nuit assis à réfléchir à ce qu'il convenait de faire. Certes, nous n'étions pas en danger immédiat, mais nous avions devant nous trois jours de marche, bien peu à manger (j'ai maudit alors l'insouciance qui m'avait fait insister pour que nous n'emportions que des bagages légers), et qui pouvait dire combien de temps durerait encore cette tempête? J'ai donc résolu que nous nous remettrions en marche le lendemain matin, peu importe le temps.

Mal m'en prit. La neige tombait moins abondamment, mais la température avait chuté considérablement et nous ne marchions pas depuis une heure que déjà nos lourds pantalons de laine, trempés par la sueur puis gelés sous l'effet du froid intense, s'étaient transformés en armures raides et rêches qui entravaient nos mouvements, lesquels étaient déjà rendus difficiles par l'accumulation de neige. On enfonçait à chaque pas jusqu'aux cuisses, et il fallait pour avancer faire un curieux mouvement, dégager une jambe du fourreau de neige qu'elle avait creusé, lui faire tracer un arc de cercle avant de la projeter d'un bloc vers l'avant. On aurait dit que nous étions tous affligés de deux jambes de bois.

Il n'y avait plus nulle trace des oiseaux vus les jours précédents, ni de quelque créature vivante. Le froid était mordant et bientôt je n'ai plus senti mes orteils ni le bout de mes doigts. Le visage des hommes était constellé de plaques blanches et de taches rouges, mais il me semblait tout de même préférable de continuer à avancer coûte que coûte. Il était presque impossible de savoir avec certitude quelle distance nous avions parcourue – elle était minime, sans doute – mais du moins nous marchions dans la bonne direction, ce qui me procurait ne serait-ce que l'illusion d'améliorer notre sort.

Nous avons continué ainsi pendant des heures, sans nous arrêter, jusqu'à ce que j'entende un cri derrière moi. Me retournant, je n'ai aperçu que trois silhouettes. Jeremy Welling avait calé jusqu'à la poitrine dans une bouillie d'eau, de neige et de glace. Adam s'est prestement jeté à plat ventre et a entrepris de ramper jusqu'à lui, qui tentait désespérément de se raccrocher au bord du trou, mais, ce faisant, ne réussissait qu'à l'élargir et donc à compromettre son sauvetage. Je suis parvenu à le persuader de se délester du sac qu'il portait sur son dos, lequel a disparu aussitôt sous la surface de l'eau, et de cesser de remuer.

Presque suspendu au-dessus du trou, Adam, tenu par Tinker, qui lui avait saisi fermement les jambes, a fini par s'approcher suffisamment de Jeremy pour que celui-ci puisse attraper sa main et émerger lentement. Il avait les lèvres bleues, et frissonnait de tout son corps. Il ne pouvait être question de continuer ainsi. Nous avons donc remonté la tente non loin de là, en lieu sûr, et avons réussi à faire un feu sur lequel j'ai préparé du thé sucré. Nous avons retiré à Jeremy ses vêtements trempés qui avaient gelé sur lui dès qu'il était sorti de l'eau. Je me suis rendu compte à ce moment que le sac qu'il portait et dont je l'avais pressé de se défaire contenait une bonne moitié de nos provisions.

Nous n'avions apporté aucun vêtement de rechange, et ceux que nous avions sur le dos étaient à peine moins détrempés que les siens. Nous l'avons enveloppé dans une couverture de laine et l'avons frictionné du mieux que nous le pouvions.

Les frissons dont il était parcouru se sont atténués au bout de quelques heures, mais il avait sombré dans le délire, et murmurait des paroles incohérentes, battant faiblement l'air de ses bras comme pour chasser un essaim de mouches qu'il était le seul à entendre. Peddie nous a enjoints de continuer à le frictionner pour activer la circulation du sang qui, sans doute, n'irriguait plus correctement le cerveau, et nous nous sommes relayés à ses côtés.

Quelques heures plus tard, à travers les hurlements du vent qui avait repris et faisait claquer la toile de la tente, j'ai cru entendre des aboiements. Je suis sorti pour découvrir trois traîneaux, chacun tiré par une dizaine de chiens, sur lesquels prenaient place six Esquimaux. J'ai reconnu avec bonheur Atsanik, Kavik, Ugjuk et Kapilruq, qui nous avaient rendu visite l'hiver dernier, et que nous considérions alors comme des enfants turbulents et assez divertissants. Il m'a semblé tout à coup que nous étions sauvés.

Ils nous ont pressés de grimper sur leurs traîneaux, mais j'ai refusé que nous laissions notre tente derrière, et nous l'avons démontée en vitesse pour l'emporter avec nous. Pendant ce temps, ils ont attelé Neptune à l'un des traîneaux, aux côtés de leurs chiens malingres et nerveux, mais au lieu de tirer avec eux, il s'est braqué, a cherché à se défaire de son attelage, s'est ébroué, cambré, pour finir par se laisser tomber par terre et se faire traîner sur la neige par ses congénères qui n'ont pas ralenti l'allure pour si peu. Honteux, j'ai demandé par signes si nous pouvions nous arrêter le temps de le libérer. Nos sauveteurs semblaient croire que je m'apprêtais à l'abandonner sur la banquise, mais j'ai réussi à leur faire comprendre que je voulais plutôt qu'on le fasse monter avec nous sur le traîneau. L'homme qui nous conduisait a ri à gorge déployée, mais les autres semblaient assez courroucés. Neptune n'en a pas moins été déposé près de moi, et a fait le reste du voyage, qui a été bref, confortablement assis. Nous nous sommes arrêtés moins d'une heure plus tard dans une sorte de cuvette protégée du vent. Là, tandis que les femmes enveloppaient Jeremy de fourrures et lui préparaient une décoction à base d'herbes séchées, les hommes ont entrepris de construire deux igloos qui nous serviraient d'abri pour la nuit.

Je retrouve peu à peu une sensibilité douloureuse dans le bout de mes doigts, et je tombe de fatigue à ne plus voir ce que j'écris. Il me faut abandonner ici pour ce soir, et poursuivre demain, à tête reposée.

J'ai passé la nuit entre le sommeil et l'éveil, visité en rêve par Sophia et par ces Esquimaux qui, j'en suis persuadé maintenant, nous ont sauvé la vie. Couché en rond au pied de ma couchette, sur une couverture que j'y ai exceptionnellement disposée à son intention, Neptune ne s'est pas levé depuis quinze heures. Il ronfle. Quant à moi, je suis perclus de douleurs et de courbatures, toujours incapable d'avaler autre chose que du thé chaud, mais prêt à reprendre mon récit.

J'avais déjà observé ces constructions rudimentaires que bâtissent les Esquimaux, mais je n'avais jamais participé à leur érection ; je dois avouer que si leurs igloos apparaissent d'une simplicité primitive, voire grossière, ils n'en témoignent pas moins d'une forme de génie. Tandis que les femmes veillaient Jeremy, Kavik nous a montré comment tailler des blocs de neige de taille égale et les assujettir soigneusement de manière à créer un dôme parfait, duquel on retire ensuite le sommet, ménageant ainsi une cheminée pour permettre à la fumée de s'échapper. Fait presque miraculeux, l'ensemble auquel on a retiré sa clef de voûte, élément crucial et essentiel de toute construction, ne s'effondre pas et ne perd rien de sa solidité. Peut-être dans le but de nous impressionner, Kapilruq nous a aussi montré comment fabriquer une fenêtre fort convenable à l'aide d'un morceau de glace translucide.

L'intérieur de ces maisons est étrangement douillet. Il y règne une atmosphère feutrée, bleutée, semblable à celle que l'on doit retrouver sous l'eau. Prodige encore plus bizarre, elles protègent fort efficacement du froid, offrant non seulement un rempart contre le vent, mais conservant aussi la chaleur, de sorte qu'il y règne en tout temps une température d'environ 40 degrés Fahrenheit. Les Esquimaux y font du feu sans craindre de faire fondre les murs ou le toit.

Quoi qu'il en soit des railleries de Des-Vœux, je ne peux m'empêcher d'être rempli d'admiration à la pensée que ces hommes ne connaissent pas les villes, qu'ils errent infiniment, en construisant ici et là d'éphémères maisons de neige dans un paysage désolé, où ils réussissent à survivre dénués de tout, à la merci des éléments et de la nature inhospitalière, en ces terres abandonnées de Dieu.

Une fois les igloos construits, nous nous y sommes réfugiés pour passer la nuit. J'occupais le plus grand des deux en compagnie de Jeremy qui, peut-être grâce au breuvage que lui avaient administré les femmes, avait cessé de délirer et paraissait dormir tranquillement, de Peddie, qui continuait à surveiller son état, de la plus jeune des femmes et de Ugjuk, que je croyais être son mari.

Tandis que dehors les chiens aboyaient et hurlaient à la lune, Ugjuk et Atsanik nous ont invités à partager leur maigre pitance : de la viande de caribou séchée, dure comme le cuir, qu'il fallait sucer longtemps avant de pouvoir commencer à la mastiquer – malgré moi, j'ai eu à ce moment une pensée pour sir John et, pour la première fois, les mots « l'homme qui a mangé ses souliers » m'ont semblé moins risibles que désespérés – et une bouillie à base de graisse de phoque, préparation lourde et indigeste, mais chaude, et donc plus que bienvenue. Après le repas, nos hôtes ont conversé rapidement dans leur langue, puis Ugjuk s'est enroulé dans les peaux qui avaient été étendues par terre et s'est endormi. Jeremy avait ouvert les yeux et il a avalé quelques bouchées de bouillie avant de sombrer de nouveau dans le sommeil, bientôt imité par Peddie, étendu près de lui.

Couché sur le dos, je contemplais les reflets des flammes sur les murs de neige, prenant conscience que, pour la première fois en trois jours, je ne souffrais pas du froid, quand j'ai entendu un froissement de fourrures. Atsanik s'était levée à demi, la faible hauteur de l'igloo ne permettant pas de s'y tenir debout, et elle est venue se coucher à mes côtés. Surpris, j'ai jeté un coup d'œil inquiet à Ugjuk, tout près, regard auquel elle a répondu par un sourire. Elle a alors entrepris de se dévêtir en silence, retirant les peaux dont elle était habillée avec autant de naturel et de grâce qu'une dame enlève ses gants et son chapeau en rentrant chez elle.

Interdit, je n'osais pas faire un geste, et elle est restée là un long moment, à me regarder en souriant, ses seins ronds comme des oranges qu'elle n'avait sans doute jamais vues, ses longs cheveux noirs et huileux rejetés sur une épaule, ses yeux sombres me dévisageant sans ciller. Et puis... Ma plume n'ose tracer les mots qu'il faudrait pour raconter ce qui s'est passé ensuite, mais pendant quelques minutes j'ai oublié où je me trouvais, que Jeremy avait failli mourir, que la vie des cinq hommes et d'une centaine d'autres était entre mes mains, que les provisions et les réserves de charbon baissaient, que la glace ne disparaissait pas, que Sophia ne m'aimera jamais, dussé-je revenir en héros. Et j'ai dormi d'un sommeil sans rêve pour la première fois depuis des mois.

Il a fallu trois jours pour regagner les navires. Pendant la journée, Atsanik ne me prêtait aucune attention particulière, mais elle est revenue s'étendre à mes côtés la nuit, se contentant de se lover contre moi comme un petit animal, le nez enfoui dans mon cou.

Fitzjames s'apprêtait à dépêcher une expédition de sauvetage lorsque nous avons finalement rejoint le *Terror* et l'*Erebus*. Les Esquimaux ont été généreusement récompensés et sont repartis avec deux fusils, une veste de lieutenant à boutons dorés, cinq tasses d'étain, une hache, du sucre et du rhum, après avoir refusé avec de grands gestes de la main les boîtes de conserve que nous leur proposions. Ils nous ont sauvé la vie et j'ignore si je les reverrai jamais.

« Mmf. »

Ça n'était pas tout à fait un soupir, ni très certainement une exclamation de surprise, à peine une légère expulsion d'air, en vérité, qui marquait un étonnement contenu.

Sophia ne leva pas les yeux de la gazette qu'elle tenait repliée devant elle, et où elle lisait la critique dithyrambique d'une pièce qu'elle était allée voir la semaine précédente et qui ne lui avait semblé que très moyenne. Comme tous les matins, en compagnie de sa tante, elle prenait son petit-déjeuner dans la pièce prévue à cet effet à l'arrière de la maison de Bedford Place. Ces dames n'étant pas de celles qui croient qu'un solide appétit témoigne d'un manque de raffinement ou soit le signe d'une âme commune, la table mise pour deux était copieusement garnie de scones, de toasts, de jambon, de rognons sautés, d'œufs brouillés, de champignons, d'une terrine de faisan et d'un reste de pâté d'anguille, nature morte qu'éclairaient les premiers rayons du soleil entrant par les vastes fenêtres ménagées tout autour de la petite salle à déjeuner meublée simplement et garnie d'orangers en pot qui embaumaient l'air de leur parfum. D'une main distraite, Sophia laissait tomber des bouts de saucisse dans la gueule ouverte de Mr. Darcy, assis à ses pieds.

« MMF. »

Cette fois, l'exclamation était impossible à ignorer. Sophia leva des yeux interrogateurs vers lady Jane qui dépouillait le courrier reçu la veille.

Celle-ci secouait vigoureusement la lettre qu'elle tenait à la main, comme dans l'espoir que les caractères qui y étaient tracés se réorganiseraient magiquement pour reformer un message mieux accordé à son humeur.

« Très chère, tu ne devineras jamais qui se marie. »

Ménageant ses effets, lady Jane prit une gorgée de thé et se tamponna le coin des lèvres. Faisant la grimace, elle désigna du doigt la théière à la bonne qui entrait en portant un plat de fruits à la crème, et bientôt celle-ci revint avec une nouvelle théière fumante. Lady Jane attendit d'avoir été resservie avant de laisser tomber : « Mathieu de Longchamp ».

Sophia en eut un pincement quelque part non loin de l'estomac. En un instant, son toast à la terrine de faisan perdit toute saveur.

« Et qui est l'heureuse élue ? demanda-t-elle d'un ton égal.

— Géraldine Cornell. »

En entendant ce nom, Sophia vit en esprit une jeune fille aux joues roses, au regard clair et aux dents déjà un peu gâtées, tout de blanc vêtue, réplique conforme des dizaines de jeunes filles qui avaient été présentées à Sa Majesté cette année-là.

« Nous sommes cordialement conviées, reprit lady Jane en prenant cette fois une voix faussement officielle et pointue, "à célébrer l'annonce de l'heureux événement en assistant à une matinée qui aura lieu jeudi en huit, chez les parents de la future mariée, 14, Park Lane". Je peux répondre tout de suite que nous sommes malheureusement prises ailleurs ce jour-là, mais que nous offrons nos meilleurs vœux de bonheur au jeune couple…» L'interrogation était de pure forme. Évidemment, sa nièce n'aurait aucune envie d'assister à cette réception. Le seul fait de l'y inviter constituait une faute de goût difficilement pardonnable.

Mais, à sa propre surprise, Sophia entendit une voix répondre qui était la sienne : «Non, ma tante, allons-y. Il me fera plaisir de revoir Géraldine.» Puis elle prit une gorgée de thé bouillant et faillit bien se brûler la langue.

13 août 1846

Depuis une semaine nous nous préparons à lever l'ancre. Les craquements de la glace qui se fissure au large nous tiennent parfois éveillés pendant la nuit entière ; on croirait entendre un grand animal qui se réveille en dépliant ses membres engourdis. Des lézar - des commencent à se former autour des navires et il faudra prendre garde que les morceaux de glace, une fois détachés, ne se heurtent et ne viennent broyer les coques qui, bien que renforcées d'acier, ne sont pas de taille à résister à de tels assauts.

On a retiré les bâches qui recouvraient les ponts, on remonte les mâts, on déplie les voiles qui gardent de leur séjour dans la cale des rides profondes et une puissante odeur de renfermé. Nous laisserons derrière nous une grève jonchée de détritus, seules traces de notre passage au milieu d'un désert immaculé, que viendra recouvrir la neige de l'automne. Il faudra nous hâter dès que la voie sera libre, et nous frayer un chemin vers l'ouest parmi les bourguignons. Nous aurons peut-être enfin l'occasion de mettre à l'épreuve ces puissants moteurs de locomotive dont s'enorgueillissait tant sir John et qui ne nous ont jusqu'à maintenant été d'aucune utilité.

C'est sans regret que je quitterai cet hivernage désolé pour reprendre la mer ; elle, d'une manière ou d'une autre, est toujours vivante.

18 septembre 1846
69° 6'N, 102° 23 O, 17° F

Que l'on retienne bien la Date d'Aujourd'hui.

Ce jour Historique devra rester inscrit dans les Mémoires : après 8 Jours passés à naviguer le Détroit de Peel, nous avons aperçu aujourd'hui la pointe de King William's Land, à l'Ouest duquel s'ouvre le Passage dans lequel nous pénétrerons dans les Jours qui viennent.

Tout va bien à Bord. Le Moral est Bon.

Franklin soupira. Décidément, il n'aimait guère écrire, avait l'impression de ne jamais trouver le ton juste. L'enthousiasme qu'il tentait d'exprimer n'était pas feint, mais un peu prématuré, puisqu'il se pouvait que les cartes indiquant l'embouchure dudit passage, il en était bien conscient, soient aussi peu fiables que celles qu'il avait dû rectifier depuis le début du voyage et dont certaines contenaient de grossières erreurs. Le détroit de Peel lui-même était à peine esquissé sur la majorité de ces tracés qui représentaient par ailleurs King William's Land comme une masse indistincte aux contours imprécis.

À l'évidence, personne n'avait encore jamais fait de reconnaissance systématique de la région. Crozier avait d'ailleurs suggéré que les navires en contournent la pointe vers l'est afin de cartographier méthodiquement les côtes, mais Franklin lui avait fait comprendre qu'ils n'avaient pas de temps à perdre à s'enfoncer dans un cul-de-sac alors que le Passage était sans doute pour ainsi dire à portée de la main.

«Mais peut-être, justement, n'est-ce pas un cul-de-sac, avait hasardé Crozier. Les seules cartes où l'on voit l'isthme qui rattache cette terre au reste du continent sont truffées d'erreurs.

— Alors, mon cher, à ce que je vois, vous vous êtes donné pour mission de redessiner l'Arctique à vous tout seul? Fort bien, je ne voudrais pas me mettre en travers de votre chemin mais, si vous n'y avez pas d'objection, commençons par trouver le Passage qui est la raison de cette expédition avant que d'entreprendre quelque projet cartographique d'envergure.»

Sir John avait prononcé ces dernières paroles avec ce rire bonhomme qui faisait que la majorité de ses officiers le voyaient comme une sorte d'oncle paterne, mais que Crozier avait appris à déchiffrer comme la marque d'un refus sans appel. Il avait pourtant insisté, car si sir John ignorait les dangers qui guettaient les navires plus à l'ouest, Crozier avait été alerté de la menace par John Ross, qui l'avait spécifiquement mis en garde contre les énormes masses de glace qui, semblant descendre tout droit du pôle Nord, s'accumulaient avec une violence inouïe dans ce bras de mer où Franklin s'apprêtait à lancer l'*Erebus* et le *Terror*. Il alla jusqu'à montrer à sir John la description de ce dangereux phénomène que Ross avait faite dans son journal :

Le pack qui s'était, à l'automne de cette année, accumulé contre la rive, était constitué des masses les plus imposantes que j'aie jamais vues dans une telle situation. À la faveur de ce phénomène, les floes plus légers avaient été projetés dans les airs, sur certaines portions de la côte, de la façon la plus extraordinaire et la plus incroyable, portant avec eux de grandes quantités de galets et, en certains endroits, avaient parcouru jusqu'à un demi-mille au-delà des limites de la plus forte marée haute.

Franklin ne s'en émut point : « Vous n'avez pas, mon cher Crozier, l'habitude de ces récits de voyage. Sachez donc que si l'essentiel de ce qu'on y raconte est vrai, il arrive que l'on éprouve le besoin d'enjoliver quelque peu les événements, ou alors de les faire paraître plus terribles qu'ils ne le sont en réalité. Moi-même, qui suis pourtant d'une grande rigueur, à l'occasion, j'ai dû… Mais cessez plutôt de vous inquiéter, nous serons rentrés en Angleterre à temps pour la nouvelle année. »

Ignorant le détroit qui s'ouvrait entre l'île Somerset et King William's Land, l'*Erebus* fit donc voile vers l'ouest, conformément aux ordres de sir Barrow, lequel, incidemment, passa cette journée d'automne 1846 à son club où il déjeuna d'une côtelette, de pommes de terre et de petits pois.

21 septembre 1846

Les glaces sont de plus en plus nombreuses ; elles dérivent lentement, se séparant, tournant parfois sur elles-mêmes avant de revenir se percuter dans un grand fracas. On ne voit plus guère d'eau entre les plaques irrégulières, d'un blanc gris, qui menacent d'enserrer le navire dans une étreinte à laquelle il pourrait bien ne pas survivre. Il est particulièrement délicat de se frayer un chemin dans ce labyrinthe mouvant et les maîtres de glace ont fort à faire pour garder le *Terror* et l'*Erebus* hors de danger. Les deux vaisseaux avancent presque en file indienne, le premier ouvrant la voie au second. Il faut désormais trouver un endroit sûr où attendre qu'un autre hiver prenne fin.

Sir John refuse obstinément que nous nous départissions ne serait-ce que d'un seul de ces cylindres d'acier que nous avons embarqués par centaines et dont on peut entendre, par gros temps, la cacophonie métallique dans la cale. Il était pourtant entendu que nous les jetterions à l'eau, quelques dizaines à la fois, après y avoir inscrit la position des navires de même que l'état d'avancement général de l'expédition sur le document prévu à cet effet et qui demande, en cinq langues, à celui qui le découvre de bien vouloir l'acheminer au gouvernement britannique ou à l'un de ses émissaires ou représentants.

Quand je lui ai rappelé que ces cylindres étaient de précieux outils permettant à qui en prendrait connaissance de suivre notre progrès, voire, si besoin était, de retracer le chemin que nous avions emprunté, il m'a répondu, d'un ton sibyllin : « Mais voilà. Tout juste. » Puis il a répété : « Tout juste, tout juste », comme s'il venait de me faire la preuve de quelque vérité irréfutable, après quoi il a ac - cepté de me faire partager son raisonnement : « Si nous semons ces cylindres inconsidérément, qui peut nous assurer qu'ils ne tomberont pas entre de mauvaises mains ? Qui peut empêcher le premier navire russe, les découvrant, de chercher à nous rattraper, ou même de nous doubler ? Vous n'êtes pas sans savoir que nous ne sommes pas les seuls à rechercher un passage du Nord-Ouest, et que nos rivaux ne partagent pas nos scrupules ni notre sens de l'honneur. » En prononçant ces paroles, il avait l'air extrêmement satisfait. J'en suis resté sans voix. Sir John nous prive sciemment du seul moyen de communication que nous ayons, de peur que nos messages ne soient interceptés comme dans quelque roman d'aventures. Cela explique du moins pourquoi il s'est opposé à l'érection d'un cairn sur l'île de Beechey. Si ces cylindres et les documents qu'ils contiennent sont effectivement notre seul moyen de communication, cela ne signifie pas pour autant qu'ils soient bien efficaces. Certains de ces tubes lâchés par des navires d'exploration ont été retrouvés sept ans après avoir été confiés à la mer, dans les endroits du globe les plus improbables. Car il faut avouer que ces cylindres d'acier sont bien petits, dût-on les jeter à l'eau par dizaines, et l'océan est bien grand. En aurionsnous lâché un par jour depuis notre départ qu'il est probable que nul n'aurait été repêché, mais il ne m'en apparaît pas moins stupéfiant que sir John contrevienne ainsi aux ordres exprès de l'Amirauté – sans parler du simple bon sens – de crainte qu'on ne lui ravisse le titre de découvreur du passage du Nord-Ouest.

En le quittant, je suis allé chercher l'un de ces satanés cylindres, que j'ai apporté dans ma cabine. Là, j'en ai extirpé la feuille qui s'y trouvait enroulée, sur laquelle j'ai inscrit la date d'aujourd'hui, notre position et la route que nous projetons de suivre. J'ai refermé le tube et suis monté sur le pont dans l'intention de le jeter par-dessus bord, à moitié par défi et à moitié par un curieux sens du devoir ou de la nécessité, mais je n'ai pu compléter mon geste.

Je suis redescendu à ma cabine à la recherche, Dieu ait pitié de moi, de quelque chose de joli. Hélas, de joli je n'ai que son portrait, qu'il serait ridicule de lui envoyer et dont je refuse en outre de me séparer. Mes effets sont tous platement utilitaires et sans ornements. Je suis sûr que les tiroirs de Fitzjames débordent de chevalières que l'on se transmet dans sa famille de génération en génération et de boutons de manchettes ornés de pierres précieuses, mais je ne possède pour ma part en matière de bijoux que la montre de mon père que l'on m'a remise à sa mort, et qui est trop volumineuse pour être insérée dans le mince cylindre, que, de toute façon, elle ferait sans doute couler à pic.

J'ai fini, faute de mieux, par arracher un
bouton de cuivre à ma veste, et j'ai griffonné
à la hâte une note disant :

Veuillez porter ce message
en souvenir de moi chez miss
Sophia Cacroft, 21 Bedford
Place, Londres. Réveille le
garde gisgeiraer jour de mon
retour comme je garde son
image dans mon coeurit.

J'ai refermé le cylindre et je suis remonté
sur le pont. Une lune gibbeuse est sortie de
derrière les nuages et a jeté des rubans d'argent à la surface mouvante des vagues. J'ai
lancé le cylindre, qui a touché l'eau avec un
faible bruit et semblé flotter sur place tandis
que nous continuions à avancer. Puis je suis
redescendu à ma cabine recoudre un bouton
à ma veste, à la fois honteux et heureux.

Ce matin-là, Sophia mit un soin particulier à s'habiller et ne finit par revêtir une robe de soie aux reflets roses et gorge-de-pigeon ornée d'un fin liseré de dentelle qu'après avoir considéré sévèrement puis rejeté l'ensemble de ce que renfermait sa penderie. Elle attacha à ses oreilles deux délicates boucles de nacre sertie dans une monture d'argent et mit à son cou un camée monté en pendentif, censé représenter Hélène de Troie dont on lui avait déjà dit que le profil ressemblait au sien. Elle se poudra le bout du nez et passa sur ses lèvres un baume à la rose, après quoi elle se parfuma non pas d'eau de bergamote, comme tous les jours, mais de magnolia. Au terme de ces opérations, elle approcha son visage du miroir de sa coiffeuse pour juger du résultat et s'examina d'un œil satisfait. Du doigt, elle fit boucler une mèche qui s'échappait de sa coiffure savamment négligée et arracha entre le pouce et l'index un cheveu blanc qu'elle venait tout juste de découvrir. Puis elle se sourit et partit célébrer les fiançailles de Mathieu de Longchamp et de Géraldine Cornell.

On n'avait pas fait les choses à moitié. Tout avait été mis en œuvre pour marquer dignement l'occasion. Les salons et le vivoir des Cornell débordaient de fleurs envoyées par la meilleure société londonienne. Dans un coin, un orchestre de chambre distillait une douce musique ; on avait disposé sur les guéridons des plateaux de meringues et de macarons, des domestiques en livrée proposaient aux invités des rafraîchissements de toutes sortes et on avait dressé dans la verrière une longue table où, parmi de nouveaux bouquets de fleurs, étaient disposées des confiseries et des mignardises, autour d'un portait du jeune couple.

« Très chères, je suis ravie de vous voir toutes les deux ! »

La voix qui les accueillit ainsi n'appartenait pas à la fiancée – qui, pour l'instant, échappait aux regards –, mais à la mère d'icelle, une créature assez corpulente, au teint rougeaud, à l'assurance tranquille de celle qui se sait descendre en droite ligne d'une des familles les plus anciennes d'Angleterre et qui se fait néanmoins un plaisir de recevoir chez elle, en égales, des dames récemment anoblies et leurs nièces roturières.

« Jane, vous êtes resplendissante. Et vous, ma chère Sophia, vous êtes plus charmante encore que dans mon souvenir. »

Comme Sophia n'avait eu l'honneur de rencontrer lady Cornell qu'une seule fois, et qu'elle se trouvait à ce moment à rentrer chez elle après avoir parcouru à pied près d'un kilomètre sous la pluie – poussant enfin la porte avec un soupir de soulagement, le nez rouge, les cheveux dégoulinants, la robe détrempée et tachée de boue – pour découvrir lady Cornell dans le hall, qui s'apprêtait à partir après une visite à lady Jane, le compliment n'était pas bien grand.

«Vous êtes trop bonne, répondit simplement Sophia avec un sourire gracieux.

— Vous connaissez, bien sûr, ma fille Gé - raldine?» enchaîna lady Cornell en se retournant pour repérer celle-ci parmi la foule des invités. Ayant croisé son regard, elle fit signe à la jeune fille de venir la rejoindre. En la voyant approcher, Sophia se rendit compte que son souvenir l'avait trompée. Géraldine Cornell n'était pas cette jeune fille tout de blanc vêtue, aux yeux bleus et aux joues roses, qu'elle avait aperçue parmi la foule des débutantes deux ans plus tôt: c'en était une autre presque en tout point semblable, au teint aussi frais, aux boucles aussi châtain, au regard aussi bleu et, comme Sophia le constata quand la jeune fille sourit à ses invitées, à la dentition aussi mauvaise.

Au cours de la semaine précédant la réception, Sophia avait paré à toute éventualité – le plus souvent inconsciemment, tandis qu'elle regardait tomber la pluie par la fenêtre, qu'elle attendait sa tante pour sortir ou qu'elle trempait dans son bain parfumé à l'eau de fleur d'oranger; parfois même en rêve ou dans ce demi-sommeil où les pensées s'enchaînent par elles-mêmes, sans intervention apparente du cerveau où elles éclosent et se déploient. Elle s'était imaginée, présentée à Mathieu de Longchamp, souffler avec un léger sourire qu'elle avait déjà eu le plaisir de faire sa connaissance, ou le laisser lui-même détromper son interlocuteur tandis qu'elle garderait le silence, tête légèrement inclinée de côté, l'air à peine amusé. Elle s'était imaginée tomber sur lui par hasard, parmi la foule, et le saluer ou bien comme un vieil ami très cher, qu'on gronde gentiment de ne pas avoir donné davantage de nouvelles, ou bien comme un vulgaire quidam dont on peine à se rappeler le nom mais avec qui l'on se montre cordial parce que la politesse l'exige.

La seule chose qu'elle n'avait pas imaginée était qu'elle ne le verrait pas – ou, plus exactement, que *lui* ne *la* verrait pas. Au cours des deux heures que passèrent lady Jane Franklin et sa nièce Sophia Cracroft chez lady Columbia Cornell pour célébrer les fiançailles de sa fille, Sophia :

- salua 17 amies de sa tante et 32 messieurs de ses amis ;
- reçut le baisemain de 8 jeunes hommes, dont l'un – soit il n'avait pas été rasé de très près le matin, soit il était doté d'une pilosité particulièrement vigoureuse – érafla désagréablement sa peau blanche fleurant l'huile d'amande douce ;
- but 1 verre de limonade et 1 tasse de thé ;
- fit ses compliments à la jeune fiancée rougissante ;
- mangea 3 sandwiches et 2 meringues ;
- but 1 nouvelle limonade, suivie d'1 verre d'eau de Seltz ;
- promit à ses amies Ursula et Amélia qu'elle les accompagnerait à une soirée de bienfaisance au profit des orphelins ;

– alla se rafraîchir et, sous prétexte de rajuster sa coiffure et de se repoudrer le nez, se rendit dans les water-closets nouvellement aménagées faire un petit besoin ;

– se trouva seule et inoccupée pendant 8 longues minutes, contrainte à faire semblant de chercher sa tante des yeux, jusqu'à ce qu'un des jeunes hommes plus haut mentionnés (non pas celui dont la barbe piquait, Dieu merci, mais un autre, affligé pour sa part – nul n'est parfait – d'une fort mauvaise haleine) vînt lui faire discrètement la cour ;

– fit mine d'écouter les radotages de la vieille miss Whitfield, laquelle, ayant pris Sophia pour sa mère, tenait à avoir des nouvelles de dames dont Sophia n'avait jamais entendu parler et dont, au demeurant, un certain nombre avait malheureusement trépassé ;

– toujours en faisant semblant de chercher parmi la foule sa tante qu'elle savait dans la serre en train d'admirer la collection de violettes africaines dont s'enorgueillissait lady Cornell, tenta d'apercevoir Mathieu de Longchamp, se demandant si elle le reconnaîtrait immé - diatement en le voyant de dos ou en entendant son rire.

À la fin, elle n'eut pas tant d'efforts à faire, car il monta en compagnie de sa fiancée et de la mère de celle-ci sur un petit podium aménagé à cet effet, près du quatuor à cordes qui se tut, et il remercia les invités d'être venus célébrer avec eux l'heureuse occasion

et sa future belle-mère de l'avoir si gracieusement reçu, lui, dans cette famille qui serait
bientôt la sienne.

Il balaya la salle des yeux en prononçant
ces quelques mots, sans arrêter son regard
sur Sophia ni même la distinguer parmi les
visages tournés vers lui. Après quoi elle :

- sortit au jardin faire quelques pas, et
  rentra précipitamment car il s'était mis à
  pleuvoir ;
- eut une conversation très animée et rit
  beaucoup avec le jeune homme affligé
  d'une mauvaise haleine, lequel était par
  ailleurs charmant ;
- commença à éprouver un léger mal de
  tête derrière son œil droit ;
- ne refusa pas un doigt de porto.

Tandis que lady Jane fait quelques pas dans le jardin en compagnie de Sophia – dont la pâleur et le manque d'entrain l'inquiètent depuis deux ou trois jours –, humant l'odeur des feuilles mortes qui craquent sous leur pied, elle s'efforce d'imaginer qu'au bout de la Terre, c'est déjà l'hiver et la nuit. Si elle le *sait* rationnellement, et pourrait même expliquer le phénomène de la nuit polaire à qui ne le connaîtrait pas, cela lui semble tout de même difficile à accepter. Elle qui a parcouru à pied, en bateau, à dos de mule ou de chameau l'Europe, l'Amérique du Nord, une bonne partie du nord de l'Afrique et la Tasmanie presque entière, n'a aucun mal à se figurer la distance qui la sépare de son mari. Ce qui est difficile, voire quasi impossible, c'est de ne pas céder à l'illusion voulant que sir John soit aussi, de quelque manière mystérieuse, éloigné dans le temps. Son esprit scientifique regimbe devant cette impression, dont elle sent pourtant qu'elle recèle une part de vérité.

À ses côtés, Sophia tient entre ses doigts une fine branche de saule dont elle arrache distraitement les feuilles. Lady Jane se ressaisit, s'ébroue pour chasser ses pensées désagréables comme elle dissiperait un essaim de mouches, et prend sa nièce par le coude.

« Très chère, dit-elle, vous êtes bien silen - cieuse depuis quelques jours. Que se passe-t-il ?

— Rien du tout, ma tante. Je réfléchissais, c'est tout. »

Puis, malgré elle, comme si elle n'avait attendu que cela :

« C'était très réussi, cette réception, chez les Cornell, vous ne trouvez pas ? »

Nous y voilà, songe lady Jane, en même temps qu'une sorte de fatigue l'envahit.

« Très, répond-elle. Je n'ai pas eu l'occasion de discuter très longuement avec cette demoiselle Géraldine ; quelle impression vous a-t-elle faite ? »

Elle attend.

« Eh bien, déclare Sophia d'un ton égal et en détachant bien ses syllabes, elle est absolument charmante. Un teint de lait, des manières exquises, une voix de miel, un rien de timidité, peut-être, mais cela est bien normal, à son âge. »

Lady Jane serre un peu le coude de sa nièce, à qui elle jette un regard en coin, avant de lancer, sur un ton ne peut plus sérieux : « Vous ne vous y seriez pas prise autrement pour me décrire un morceau de nougat. Mais vous avez raison. Quelque chose chez cette jeune fille évoque irrésistiblement le dessert ; en y repensant, je ne puis moi-même m'empêcher de me représenter un plum-pudding.

— Ou une tarte au *minced meat,* renchérit Sophia.

— Ou un plat de boudin », conclut la tante, et les deux femmes poursuivent leur chemin en souriant.

À son arrivée chez les Franklin, quelque douze années plus tôt, Sophia, alors toute jeune fille, était évidemment impressionnée par cet oncle légendaire, plus grand que nature. Mais les relations qu'elle entretenait avec ce héros que le hasard lui avait donné pour parent s'étaient vite révélées plutôt limitées dans la mesure où, fort intimidé par les jeunes femmes (à plus forte raison quand elles étaient aussi jolies que sa nièce), il évitait autant que possible de lui adresser la parole, voire de croiser son regard, se bornant à la plus élémentaire des conversations. Avait-elle bien dormi? Oui? Cela était bien. Non? Cela était regrettable. Désirait-elle les accompagner, lady Jane et lui, à l'opéra où ils allaient entendre *Les Noces de Figaro*? Oui? Cela était bien.

L'admiration de Sophia s'était bientôt reportée sur lady Jane dont l'énergie, l'esprit d'initiative, la combativité et l'intelligence, qualités qui lui auraient déjà semblé remarquables chez un homme, lui paraissaient proprement stupéfiantes rassemblées chez une femme, aussi frêle, par surcroît. Ç'avait été une révélation pour la jeune Sophia, élevée entre une mère incurablement terre-à-terre dont l'unique souci était le bon fonctionnement de sa maisonnée et qui mesurait son succès à la perfection de son intérieur et de ses domestiques, pour qui l'apothéose de la semaine était le service du repas du dimanche midi, et une tante neurasthénique, restée vieille fille, qui passait ses journées à lire des histoires pieuses et à faire de la broderie. Entre le roast-beef et le petit point, Sophia avait refusé de choisir, et elle avait obtenu de son père qu'il la laissât aller passer un été chez son oncle illustre dont elle avait lu les exploits dans les journaux.

Cet été avait cédé la place à l'automne, puis à l'hiver. Un printemps avait éclos, puis un autre, et il n'avait plus été question que Sophia rentre chez ses parents. Lady Jane n'avait pas eu d'enfant et ses rapports avec Eleanor n'avaient jamais été source d'autre chose que d'une déception renouvelée. Elle était incapable de comprendre cette fillette d'une politesse exquise, d'un calme et d'une impassibilité que rien ne venait jamais troubler, mais qui lui semblait aussi dénuée d'inspiration et de vie qu'une pierre. Même toute jeune, Eleanor ne s'emportait jamais. Elle ne criait pas, ne courait pas, ne se salissait pas. Imperméable aux remontrances comme aux compliments, elle faisait, dans son éducation, des progrès lents mais réguliers, davantage dus au travail qu'à une inclination ou à un talent pour quelque matière. Elle était devenue une adolescente secrète, timide et gauche, rougissant à tout propos, qui rejetait farouchement les efforts déployés par sa belle-mère pour égayer un tant soit peu sa toilette ou lui faire troquer ses nattes d'écolière pour une coiffure plus coquette.

Ainsi, en Sophia Cracroft lady Jane avait découvert la fille qu'elle n'avait jamais eue mais qu'il n'était peut-être pas trop tard pour éduquer et modeler, puisque sa nièce était dotée d'une curiosité qui n'avait d'égale que sa vivacité d'esprit, tandis que cette nièce avait trouvé dans la femme de son oncle le modèle qui lui manquait depuis sa plus tendre enfance : une femme brillante, indépendante, capable s'il le fallait de tenir tête au monde entier.

Sophia était persuadée que lady Jane aurait fait elle-même un explorateur d'exception. Il n'était besoin pour s'en convaincre que de lire les journaux qu'elle tenait en voyage et dans lesquels elle consignait méthodiquement les distances parcourues, les accidents géographiques observés, les températures relevées, en plus de fournir des descriptions à la fois précises et inspirées des lieux visités et des populations rencontrées. Sophia avait même jadis entrepris de réunir les journaux rédigés par sa tante lors de ses périples en Égypte et en Tasmanie dans le but de les retranscrire pour les confier à un éditeur. Lady Jane avait protesté mollement, avant d'offrir à sa nièce de consulter aussi les missives qu'elle avait écrites lors de ces mêmes voyages et dont, prévoyante, elle avait conservé les brouillons.

3 novembre 1846

Hier matin, on a relevé les hélices pour les rentrer dans les cales d'où elles ne ressortiront pas avant la fonte de la banquise, puis on a entrepris de hisser les vaisseaux sur cette glace solidement prise qui ne risque pas de les broyer une fois le printemps venu. Les hommes à qui l'on avait donné une ration supplémentaire de rhum en même temps que la consigne stricte d'enfiler leurs vêtements les plus chauds, sont descendus sur la glace joyeusement, comme des enfants qui s'apprêteraient à construire un homme de neige. L'extrémité de câbles attachés en divers endroits du *Terror* a été lancée sur la glace, et ils s'en sont saisis pour se mettre à tirer l'immense carcasse de bois. Debout sur le pont, armé d'un porte-voix, Gore hurlait rythmiquement des oh! hisse! auxquels répondait chaque fois une minuscule avancée du navire émergeant de l'eau glaciale, tel un monstre marin qu'on sort de force du milieu qui lui est naturel. Pendant une seconde, j'ai eu l'impression de voir prendre vie devant mes yeux l'une de ces gravures anciennes représentant des forçats condamnés sur les galères romaines, à cette exception près que ces prisonniers-ci, chassés du navire, étaient forcés de le faire progresser de façon plus pénible encore. Une fois le *Terror* entière-ment émergé, il a été plus facile de le faire glisser sur quelques centaines de pieds jusqu'à un endroit où il se trouvait relativement à l'abri du vent, devant une énorme lame de glace qui semblait s'être élevée sur la banquise au cours des siècles, telle une mon - tagne d'eau gelée. Il était plus de quatorze heures ; les hommes, trempés par l'effort, ne sentaient plus le froid pourtant mordant. On leur a servi à manger un ragoût chaud, accompagné d'une nouvelle généreuse rasade de rhum, après quoi il a fallu tout reprendre à zéro pour hisser l'*Erebus* au côté du *Terror*. Fatigue, obscurité – le soleil avait disparu depuis longtemps à l'horizon, et il ne subsistait plus qu'une lueur grisâtre dans le ciel qui gommait toute couleur sur terre –, membres engourdis par l'alcool et le froid, les accidents se sont multipliés. Un matelot a eu la main cassée, deux autres se sont fait, en glissant sur la glace, d'assez vilaines entorses, sans compter que deux des câbles se sont rompus, et qu'il a fallu en rajuster d'autres d'innombrables fois pour éviter d'endommager le navire qui, soumis à des torsions ou à des pressions mal équilibrées, laissait échapper des craquements inquiétants. Minuit était depuis longtemps passé quand les hommes ont pu remonter à bord pour gagner leur couchette après avoir été vus par Peddie, qui tenait à s'assurer que nul ne souffrait d'engelure trop grave ou de quelque autre blessure qui serait restée inaperçue. Après une nouvelle distribution de rhum, on a exception - nellement ordonné, sur les deux bateaux, de maintenir le chauffage pendant toute la nuit. Ce matin, on ne compte plus les nez rouges ou violacés, les mentons blancs comme de la farine, les lobes noircis par le froid. L'hiver a imposé à l'équipage un sinistre maquillage de carnaval.

Chaque jour il faut briquer le pont pour qu'il reluise non comme un sou neuf – on n'a que faire de l'argent dans cette petite société arctique isolée au bout du monde –, mais pour qu'une dame vêtue d'une robe blanche puisse le balayer de ses jupes sans les souiller. Cette dame blanche accompagne les hommes en pensée tandis qu'ils s'échinent, à quatre pattes, les mains gercées, les doigts bleuis par le froid, les genoux râpés par leur pantalon de grosse laine qui n'en finit plus de geler et de dégeler, le dos rompu sous le faix du labeur quotidien, éternellement recommencé. Elle flotte au-dessus d'eux, légère, gracieuse, insaisissable. Il leur arrive sans doute de distinguer sa silhouette évanescente dans le nuage de buée qui s'échappe de leur bouche et se dissipe devant eux avant de se reformer à la prochaine expiration, ou bien ils la reconnaissent pour l'avoir aperçue en rêve et vue disparaître au petit matin, ombre blanche sur le noir de la nuit et du jour confondus.

Une fois la corvée finie, les hommes frissonnants rentrés jusqu'au lendemain, la neige se glisse par les interstices de la toile tendue par-dessus le pont et revient danser sur le bois, légère, gracieuse, insaisissable.

Du blanc, à perte de vue. Le blanc du ciel qui se fond dans le blanc de la terre enfouie sous la neige, qui se fond dans le blanc de l'eau couverte de glace, qui se fond dans le blanc qu'on finit par avoir sous les paupières quand on ferme les yeux.

Un blanc gris sous les nuages lourds de neige, un blanc d'ombre qui avale les distances et trompe la prunelle. Un voile blanc qui recouvre tout.

Un blanc noir les jours d'hiver sans soleil.

Translucide et voilé, impénétrable, aqueux et solide, immaculé, envers de toutes les souillures. Un blanc comme un œil, qui tout à la fois masque et laisse transparaître ce qui se trouve derrière, dedans, deçà, delà.

Un blanc bleuté qui scintille doucement sous la lueur de la lune énorme, boursouflée, et sous la lumière des millions d'étoiles étin-celant sur la neige où elles semblent reflétées ou bien tombées par terre.

Le blanc jaune des banquises où rampent les phoques et des champs de neige où l'on sort se soulager et vider les pots de chambre.

Le blanc cendré des nuits sans lune qui durent parfois des semaines.

Partout le blanc. Avec, de loin en loin, le crachat d'un marin, comme une étoile rouge dans la neige.

Perlerorneq. C'est le mot par lequel les Esquimaux nomment ce sentiment rongeant le cœur des hommes pendant l'hiver qui s'étire sans fin et où le soleil n'apparaît plus que de loin en loin. *Perlerorneq*. Rauque comme la plainte d'un animal qui sent la mort approcher.

La Croix du Sud

En cette journée de Noël, les hommes ont été dispensés de corvée, à l'exception de ceux qui travaillent aux cuisines, lesquels se font une joie d'agrémenter leur ordinaire et celui de leurs camarades. On a fait cuire trente brioches aux fruits secs qui, imbibées de rhum, ont un peu la saveur du plum-pudding et rappelleront à tous les Noëls de leur enfance, quand la neige était un cadeau impatiemment attendu et non pas une prison ; on servira en outre une purée de pommes de terre (préparée avec les derniers tubercules ratatinés et verdis qui finissent de moisir dans la cave, mais ce sont tout de même des légumes frais) pour accompagner le ragoût en conserve de M. Goldner, rehaus - sé de clou et de muscade.

À la table du capitaine prennent place les convives habituels : Crozier, Fitzjames, Des-Vœux, Peddie, Gore, Sargent. Ils entendent, de l'entrepont où l'on sert double ration de grog et de nourriture, les cris joyeux des hommes. Dans le mess des officiers, tous sont cependant silencieux, comme s'ils étaient attablés en compagnie d'étrangers. Au moment où l'on ouvre le champagne, sir John se lève pour prononcer le petit laïus qu'il a préparé :

« Je suis heureux de passer un nouveau Noël en votre compagnie. Songez que nous écrivons l'Histoire, mes amis. Nous touchons presque au but, et la Nuit se lèvera bientôt pour laisser la place à un Jour nouveau. Ce jour sera celui de notre Découverte et de notre Victoire. L'Angleterre saura remercier Ses Fils, mes amis, qui lui auront offert… »

Il s'interrompt, plus très sûr de ce qu'il a écrit, regrettant d'avoir laissé dans sa cabine la feuille sur laquelle il a rédigé ces quelques lignes. Il répète pour lui-même, à mi-voix, « … qui lui auront offert… » puis, se jetant à l'eau, conclut emphatiquement : « … un Nouveau Continent ». Quoiqu'un peu étonné, on applaudit poliment.

Curieusement, lors de ce repas pris dans les glaces du détroit de Peel, Crozier ne se remémore pas tant les Noëls heureux passés en famille – comme il avait passé l'essentiel de sa vie adulte en mer, ces Noëls n'étaient pas si nombreux – que le 25 décembre de l'année précédente, alors que tous étaient encore remplis d'enthousiasme, impatients, fébriles à l'idée des découvertes à venir. On aurait dit que cette énergie qui n'avait pu trouver d'objet avec lequel se colleter s'était retournée contre ceux-là mêmes qui la nourrissaient, pour les dévorer de l'intérieur. Les visages sont hâves, exsangues, d'une blancheur terne et épaisse qui rappelle celle de la pâte. Les yeux brillent d'un éclat malsain. Certains des hommes restent silencieux pendant des jours puis se mettent à rire sans qu'il soit possible de les faire taire. D'autres pleurent sans bruit, les larmes coulant sur leur visage pour aller se perdre dans leur col grisâtre. Tous ont cependant les joues rasées de près, les cheveux taillés courts pour éviter les infestations de poux et de puces – précaution inutile, car les bestioles sont partout, non seulement dans les chevelures, mais dans les couvertures et les draps, sur les rats que l'on entend gratter dans l'obscurité, dans le secret des aisselles et des aines, dans les vêtements de laine et jusque dans les replis des drapeaux que l'on a apportés pour les planter là où l'on prendrait possession du territoire au nom de la couronne. Le linge est lavé une fois par mois, dans les énormes cuves où l'on prépare à manger, lesquelles sont pour l'occasion remplies d'eau bouillante et savonneuse. Ce traitement a usé les tissus et les couleurs, qui toutes tirent désormais sur le gris.

Un matin, un matelot qui tentait, à l'aide d'une hache, d'ouvrir une boîte de conserve de cinquante livres s'était grièvement coupé à la jambe. Plutôt que de lui venir en aide, la dizaine d'hommes qui l'entouraient étaient restés comme pétrifiés à la vue du sang qui giclait de la blessure en jets réguliers. Crozier lui-même, interdit, avait dû se faire violence pour surmonter la fascination qui l'avait gagné, prendre le blessé sur son épaule et l'emmener à Peddie. Réfléchissant à l'incident, il s'était rendu compte que c'était la première fois depuis des semaines qu'il voyait une couleur franche, qui n'avait pas été délavée par l'usure, l'eau, le sel, le vent. Le soir, en s'endormant, il s'était forcé à évoquer toutes les choses rouges auxquelles il pouvait penser, et à se représenter dans leurs moindres détails leurs teintes et leurs nuances, comme un homme resté trop longtemps sans parler et qui craint tout à coup de devenir muet se récite à lui-même les comptines de son enfance.

Les premières fraises du printemps, au corail piqué de l'or de leurs minuscules graines ; les tulipes d'un vermillon satiné ; le sang sur les draps au matin quand, presque enfant encore, il avait partagé son lit avec une jeune servante venue se glisser à ses côtés à la nuit tombée ; les premières tomates de l'été à la chair rosâtre, acide ; les coquelicots orangés autour de leur cœur noir ; les volets de la maison de sa grand-mère, lie-de-vin passé ; les cerises au carmin profond et velouté ; le rouge rouge de la croix de saint George sur l'Union Jack qui flottait au mât du *Terror* le jour de leur départ ; les entrailles des lapins qu'il prenait au collet, enfant, au rose violacé traversé de veines.

La bouche de Sophia Cracroft.

Les années passées en Tasmanie avaient été difficiles pour Sophia. La colonie pénitentiaire n'offrait guère de distractions. Il n'y avait ni musée, ni théâtre, ni pâtisserie dignes de ce nom, bien peu de boutiques agréables, et la campagne grouillait de serpents. (Pour tenter d'en juguler la population, lady Jane avait offert une prime à quiconque lui apporterait une de ces horribles bêtes mortes, mais l'entreprise avait dû être abandonnée peu après, car les dépouilles de reptiles s'accumulaient dans la cour de la maison du gouverneur et son budget fondait sans que le nombre de bestioles semblât le moins du monde diminuer dans les environs.) Contrairement à sa tante, Sophia ne se passionnait ni pour la réhabilitation de dangereux criminels, ni pour l'éducation de pauvres femmes victimes de circonstances difficiles, ni pour l'instruction d'enfants nés de celles-ci ou de ceux-là, et ne brûlait pas de mettre en pratique diverses théories glanées dans des ouvrages de philosophie et de politique. Si la colonie était pour lady Jane un vaste terrain d'expérimentation, Sophia la concevait davantage comme une immense geôle à ciel ouvert dont elle-même était l'innocente prisonnière. Elle n'avait jamais goûté outre mesure la présence de jeunes filles de son âge, aussi l'absence de compagnes autres que sa tante ne lui pesait-elle pas, mais elle aurait bien aimé pouvoir quelquefois sortir en société, aller danser, et s'éventer quelques instants auprès d'un jeune galant avant de se remettre à tourbillonner.

Quand James Clark Ross et Francis Rawdon Moira Crozier, avec leurs équipages, firent halte à Hobart après avoir quasi complété le tour du monde à bord du *Terror* et de l'*Erebus*, en partance pour l'Antarctique, il y avait des semaines que le gouverneur et son entourage n'avaient pas vu de visages nouveaux. Les explorateurs furent reçus en grande pompe, en héros qu'ils seraient quelques mois plus tard, dès leur retour dans la mère patrie.

Des deux capitaines, Ross était le plus beau, cela ne faisait aucun doute, et le plus gracieux. Mais Crozier n'était pas dénué d'une certaine prestance ; il montrait en toute occasion une calme assurance qui faisait que, à ses côtés, les autres hommes avaient toujours plus ou moins l'air de gamins. Il avait le visage carré, les traits fermes, presque fermés, des yeux sombres profondément enfoncés dans leur orbite mais qui pouvaient, en un instant, s'animer et briller d'un éclat dont on ne savait jamais trop s'il était dû à la joie ou au feu d'une sourde colère. En outre, il était roux. Il parlait le plus souvent avec effort, d'une voix basse, en cherchant ses mots, et ne savait point, à la différence de tant d'autres jeunes officiers, roucouler de doux riens à l'oreille des dames.

Parmi les jeunes filles que comptait la colonie, déjà fort peu nombreuses, un bien petit nombre – quatre – n'étaient pas mariées, et aucune ne possédait une taille aussi fine, un œil aussi velouté, un sourire aussi enjôleur que Sophia, qui devint l'objet de maints poèmes louant sa beauté et son esprit.

La principale intéressée se laissait bercer par ces louanges prononcées par cent bouches comme par une mer aux eaux calmes et tièdes. On aurait dit qu'une seule grande créature énamourée, la Marine de Sa Majesté, lui rendait hommage. Choisir un soupirant aurait signifié renoncer à tous les autres, l'extraire du groupe de ses semblables qui constituait justement une grande partie de son intérêt, car chacun était comme le reflet de tous ceux qui l'entouraient, et qui se multipliaient et se magnifiaient les uns les autres. Quelle femme voudrait se satisfaire d'un capitaine quand c'est l'Amirauté entière qui se prosterne devant elle?

Ainsi, Sophia se découvrait plus légère qu'elle ne l'avait jamais été en Angleterre, où – abstraction faite d'une brève idylle avec Mathieu de Longchamp qui, après deux ou trois baisers échangés, avait entrepris de convaincre Sophia de lui donner sa main, ce qui avait marqué la fin de leurs fréquentations, d'ailleurs elle n'avait répondu à aucune des lettres qu'il lui avait adressées à Hobart – elle avait toujours eu soin de se montrer en toutes circonstances absolument correcte. Aux antipodes, elle ne cessait évidemment pas de se conformer scrupuleusement aux règles de la bienséance, mais se permettait quelques sourires, quelques regards coulés, quelques poses alanguies. Pour la plupart des hommes, privés de la compagnie de représentantes du beau sexe depuis des mois, il y avait là l'essence même de la féminité, un présage de la fiancée ou de la femme qu'ils allaient retrouver ou qu'il leur restait encore à rencontrer à leur retour.

Pour Crozier, toutefois, il y avait plus.

Quand les deux capitaines revinrent, cinq mois plus tard, Crozier, dont la chevelure comptait maintenant plus de fils blancs que de fils d'or («une seule nuit dans l'Antarctique a fait cela», dit-il laconiquement à lady Jane, pour n'en plus jamais reparler), était décidé à faire de Sophia sa femme.

Pour remercier leurs hôtes du gracieux accueil qu'ils leur avaient réservé, et aussi pour célébrer le fait qu'ils arrivaient au terme d'une périlleuse expédition longue de plus de quatre années, les deux capitaines avaient organisé pour la fine fleur de la société d'Hobart un grand bal sur l'*Erebus* et le *Terror*.

Les deux navires avaient été rapprochés jusqu'à ce que leurs coques se touchent et attachés comme pour n'en former qu'un seul. On y accédait par une passerelle faite de dizaines de chaloupes fixées les unes aux autres, décorées de fanions et de mimosa, la fleur emblème de l'île, qui embaumait l'air de son parfum sucré. Les œuvres mortes de l'*Erebus* avaient été aménagées de manière à faire office de salle de bal tandis que sur le pont du *Terror* on avait dressé des tables regorgeant des mets les plus fins et des meilleurs vins que comptât la cave du gouverneur. Un dais de drap blanc rappelant une voile égarée ou l'aile protectrice de quelque immense oiseau, avait été tendu au-dessus des deux ponts qui accueillaient trois cents invités triés sur le volet et ravis de cette fête maritime.

Au milieu de tous leurs hommes pommadés, parfumés et rasés de près, vêtus d'uniformes propres et fraîchement amidonnés, les deux capitaines ressemblaient aux deux souverains d'un petit dominion nautique.

La soirée était tiède, et l'atmosphère quasi féerique à bord des deux navires qui se balançaient doucement sur les eaux du port de Hobart. Sophia Cracroft ne s'était jamais tant amusée. Le champagne coulait à flots et elle ne ratait pas une valse, changeant de cavalier à chaque danse, tournoyant sous la lune. On avait installé sur toutes les parois des glaces où se réfléchissait l'éclat des bougies et dans lesquelles elle pouvait apercevoir, cent fois répété, son propre visage aux joues roses et aux yeux brillants.

Tandis qu'elle dansait avec John Ross, elle s'abandonna un instant contre lui, s'attendant presque à se sentir soulevée, flottant au-dessus du pont, tant elle se sentait légère et aérienne. Le capitaine l'attrapa, inquiet, et lui proposa d'aller se rafraîchir un moment. Elle acquiesça aimablement.

À l'avant du bateau, les bruits de la fête parvenaient étouffés, légèrement déformés par la réverbération mouvante que leur imprimaient les vagues léchant la coque des navires. Les étoiles piquaient l'eau noire de mille points lumineux et dansants. Une légère brise soufflait du large et Sophia frissonna. Ross ôta sa veste et la déposa sur les épaules de la jeune femme qui frémit à nouveau. Regardant le ciel semé de tant de lumières qu'il en semblait presque laiteux, elle lui demanda d'une voix flûtée s'il connaissait toutes les étoiles. Il haussa les épaules :

« Non, pas toutes, loin s'en faut. Je connais les étoiles des marins. Il y a, hum, la Croix du Sud, qui permet de trouver le pôle Sud céleste en suivant la ligne formée par Acrux et Gacrux. »

Il pointait du doigt le ciel où scintillaient des millions d'étoiles qui semblaient, aux yeux de Sophia, rigoureusement semblables.

« Où ça ?

— Juste là, en dessous du Centaure. C'est la plus petite constellation du ciel.

— Peut-être qu'on pourrait commencer par quelque chose de plus facile, alors ? Une constellation qui serait visible ? Je croyais qu'elles avaient toutes été nommées d'après ces dieux et héros de la mythologie qui se livraient bataille pour les charmes de nymphes et autres naïades irrésistibles affligées de maris jaloux ?

— Oui, bien sûr, une grande partie de ces constellations ont été découvertes par les Anciens qui leur ont donné le nom de leurs dieux. Mais j'ai bien peur de ne pas connaître ces histoires autant que l'utilité qu'elles revêtent pour les navigateurs quand vient le temps de faire le point... »

Sophia soupira devant un si plat pragmatisme. Ils étaient seuls sous un ciel qu'on aurait dit constellé de diamants, doucement bercés par les vagues du port de Hobart et les lointains accords de l'orchestre qui leur parvenaient sur les ailes d'un vent doux avec des effluves de magnolia, et voilà que ce diable de capitaine n'en avait que pour la navigation. Elle garda un silence irrité.

«Vous m'excuserez, très chère Sophia, mais je dois retourner à mes devoirs d'hôte», annonça-t-il après un moment. Il lui fit un baisemain et elle lui tendit sa veste, qu'il enfila sans un mot, après quoi il tourna les talons après s'être légèrement incliné devant elle comme si elle était quelque douairière.

Seule, accoudée au bastingage, Sophia hésitait entre le courroux, le découragement et le rire quand Crozier apparut à ses côtés. Elle s'amusa de le découvrir tremblant.

«Vous allez bien? lui demanda-t-il d'une voix mal assurée.

— À merveille, je vous remercie. J'avais simplement un peu chaud là-bas. Et puis tout ce monde me faisait tourner la tête…

— Si vous préférez rester seule, je puis…

— Mais non, restez, c'est très bien. Vous pouvez sans doute aussi m'apprendre quantité de choses fascinantes sur le bon usage des étoiles en matière de navigation. »

Il la regarda, interdit.

Sa voix s'adoucit : « Pardon. Il m'arrive d'être un peu brusque. »

Ils restèrent immobiles pendant un long moment. Elle pouvait l'entendre respirer près d'elle.

Il se lança : « Vous savez sans doute que… bredouilla-t-il, que l'Antarctique est ainsi nommé parce qu'il se trouve aux antipodes de l'Arctique… »

Sophia lui lança un regard oblique.

« Je n'en savais rien, affirma-t-elle. Mais cela me semble tout indiqué. »

Le silence retomba. Crozier sentit ses paumes se couvrir d'une mince pellicule de sueur.

« Et l'Arctique, poursuivit-il, tire quant à lui son nom…

— Attendez, n'en dites pas plus, il tire son nom du fait qu'il est situé aux antipodes de l'Antarctique ? »

Crozier eut un mince sourire. Ce n'est pas du tout ainsi qu'il avait imaginé leur discussion. Il l'ennuyait avec ses histoires de géographie, cela était évident. Mais s'il se taisait maintenant, tout était perdu. Il reprit donc d'un ton presque résigné : « C'est une hypothèse fort intéressante, mais, hélas, erronée. L'Arctique doit son nom à la constellation de l'Ours – *Arktos* – qui le surplombe…

— Ah bon ? fit Sophia, dont l'intérêt s'éveillait légèrement. Un ours ? Et où est-il ?

— Eh bien, comme nous sommes, vous voyez, aux antipodes de l'Arctique, cette constellation est invisible d'ici.

— Alors on ne voit pas les mêmes étoiles selon l'endroit où l'on se trouve sur Terre ? »

Cette idée qui ne lui avait jamais effleuré l'esprit lui semblait soudain vertigineuse. On ne pouvait donc vraiment se fier à rien.

« Non, les étoiles changent… Enfin, c'est nous qui changeons, mais elles ne sont pas les mêmes… »

Il s'interrompit, incapable de poursuivre une pensée qui s'était inexplicablement embrouillée. Chaque fois qu'il se trouvait en présence de Sophia, ses idées s'emmêlaient, ses mains devenaient moites, sa langue s'empâtait et il se faisait l'effet d'être un parfait imbécile.

Ils restèrent silencieux un moment, elle plongée dans la contemplation stupéfaite du ciel étoilé, lui pétrifié par sa propre bêtise. Puis, au prix de mille efforts, il plongea à nouveau :

« Quand j'étais petit, commença-t-il sans la regarder, nous avions à la maison trois livres : la Bible, un almanach écorné et un vieil ouvrage d'astronomie récupéré de je ne sais où, auquel il manquait la moitié des pages. Ainsi, après avoir appris à reconnaître Orion, Cassiopée, la Grande et la Petite Ourses, j'ai dû me résoudre à inventer le reste. De la fenêtre de ma chambre sous les combles, je distinguais dans le ciel noir la constellation du Cochon, celle de la Poule et celle de l'Épi de

Blé. Il y avait aussi Mr. Pincher, le forgeron du village, avec son nez crochu, le Hibou et la Chaise percée. »

Sophia ne put s'empêcher de rire.

« Et ce soir, il me semble voir dans le ciel une nouvelle constellation, que je n'y ai jamais aperçue, et qui compte pourtant l'étoile la plus brillante. Regardez, Sophia, dit-il en s'appuyant doucement contre elle et en saisissant sa main droite pour la lever à la hauteur de leurs yeux, vous voyez, là, cette étoile à l'éclat si vif au milieu de ses voisines plus pâles ? Suivez mon geste. »

Et il sembla toucher du doigt huit étoiles qu'il relia en traçant un S au milieu du ciel et qui parurent, après avoir été ainsi désignées, briller d'une lumière plus étincelante.

Sophia laissa aller sa tête contre l'épaule de Crozier. Un souffle de vent tiède les enveloppa.

Puis le second du *Terror* apparut, hors d'haleine, et annonça à Crozier que le capitaine Ross l'attendait pour prononcer les toasts.

Au milieu d'un paysage immaculé, stérile, aussi blanc et désert que la surface de la lune crayeuse qui jette sur la neige une lueur cendrée, le ventre du bateau, tiède, humide, nauséabond, repose semblable aux entrailles de quelque monstre marin échoué. Démâtés, posés un peu de guingois sur la glace qui les enserre tel un étau, recouverts de bâches qui visent à les isoler et à les rendre plus faciles à chauffer, l'*Erebus* et le *Terror,* les deux fleurons de la Marine de Sa Majesté, ont l'air de deux baleines agonisantes dans le ventre desquelles grouille une multitude de vers.

L'air moite sent le charbon, la laine mouillée, la sueur et l'ammoniac. Chaque particule que l'on aspire a déjà traversé les cuisines, la salle des moteurs, la cale ; elle a déjà été respirée par cent autres nez enchifrenés, aspirée par des poumons sains ou tuberculeux, rejetée par cent bouches aigres ; elle en a émergé sous forme de rot ou de flatulence à l'odeur doucereuse, annonçant la dysenterie. Et au milieu d'un désert de blancheur absolue, au milieu de lames de neige sculptées par le vent qui souffle sur des milliers de milles sans rencontrer d'obstacle, c'est cet air vicié que l'on respire, qui entre en vous comme une liqueur empoisonnée et en ressort encore un peu plus sale, altéré par sa traversée d'un nouveau corps.

C'est pourquoi il fait bon sortir à l'air libre, malgré le froid dont la morsure est si intense dans la chair qu'on dirait une brûlure, malgré la lumière du soleil qui rend aveugle. C'est pourquoi les corvées extérieures sont distribuées comme des récompenses, et que, malgré les risques, presque tous se portent volontaires pour les expéditions de reconnaissance.

23 mars 1847

Nous avons dû rayer les observations magnétiques effectuées au cours des trois derniers mois car, après mille vérifications, elles se sont révélées non seulement faussées, mais totalement erronées, comme si les instruments avaient été déréglés par quelque force mystérieuse. J'ai interrogé séparément les hommes qui ont pris part aux huit dernières expéditions, et tous me jurent avoir suivi à la lettre la procédure habituelle. En outre, la composition des équipes variant d'une sortie à l'autre, il me semble improbable qu'un ou plusieurs individus aient pu sciemment altérer les résultats à l'insu des autres. Il va sans dire que les boussoles de déclinaison ainsi que l'ensemble des outils ont été démontés pour que l'on examine leurs différentes pièces sous toutes les coutures, après quoi on les a assemblés de nouveau et testés. Les lectures obtenues correspondaient toutes à celles déjà relevées. Le problème ne réside donc pas de ce côté-là. Jusqu'à ce qu'il soit résolu, j'ai décidé de suspendre les expéditions.

«Je n'avais jamais vu tant d'étoiles chez nous. Pourquoi sont-elles plus nombreuses ici, où il n'y a personne pour les regarder?

— Elles ne sont pas plus nombreuses; simplement, on les distingue mieux parce qu'il n'y a pas, à des milles à la ronde, d'autres lumières pour les éclipser et faire pâlir leur éclat.»

Soudain, dans le ciel immense, apparaît une lueur d'un vert laiteux, une vague mouvante qui danse au-dessus de l'horizon où elle déploie un chatoyant rideau presque phosphorescent.

«Elles aussi, elles sont cachées par les lumières de la ville, à Londres? demande Thomas qui, instinctivement, sait qu'il convient d'accorder à ce phénomène mystérieux la marque du féminin.

— Non, celles-là n'existent qu'ici.

— Et pourquoi?

— Peut-être parce que nous sommes là pour les voir.»

Thomas reste silencieux pendant plusieurs minutes, absorbé dans la contemplation de ces courants célestes qui s'ourlent de rose et ondoient dans le velours noir de la nuit. Puis la curiosité l'emporte.

«Qu'est-ce que c'est?

— *Aurora borealis*. Les aurores boréales. »

Thomas répète en lui-même ce nom qui semble lui confirmer que l'endroit où il se trouve est à la fois à la fin et au matin du monde.

Consciente de l'importance de soigner les relations qu'elle entretenait avec les dames de la bonne société comme avec les épouses des divers hauts fonctionnaires et dignitaires dont on ne pouvait jamais savoir laquelle se révélerait utile à la réalisation de ses plans, lady Jane tenait tous les mercredis un thé auquel étaient conviées toutes celles qui l'avaient invitée au cours de la semaine et qui avaient reçu en guise de réponse un petit carton où elle expliquait qu'elle avait le re gret de décliner leur invitation, mais serait ravie de les recevoir.

C'est donc une quinzaine, voire une vingtaine de ces dames qui se présentaient Bedford Place vers les seize heures, tandis que le soleil descendait sur la ville baignée d'une lumière dorée. Devant sa porte s'étirait une longue file de voitures, les cochers attendant stoïquement leurs maîtresses entrées se dé saltérer tandis que les chevaux tapaient mol lement du sabot sur le sol.

Rapidement débarrassées par Alice de leurs ombrelles, mantilles, capelines et autres bibis, elles étaient accueillies par Sophia, qui les menait au boudoir où l'on servait le thé.

Lady Jane n'avait jamais été femme à se contenter de peu, et puisque ce thé était la vitrine qu'elle offrait au monde, il se devait d'être à son image : étonnant, audacieux, dépaysant, complexe et inimitable.

Un samovar d'argent richement ouvré trônait au milieu de la table et dégageait un arôme d'épices où les plus aventureuses des invitées distinguaient le clou et la cardamome. D'autres théières renfermaient plus discrètement le traditionnel Earl Grey, du thé rouge africain (breuvage qui inspirait une certaine suspicion, auquel les braves qui se risquaient à l'essayer trouvaient un léger goût de sucre brun) et, pour les natures délicates sujettes aux palpitations, une infusion de blondes fleurs de camomille qui flottaient à la surface de l'eau fumante.

Parmi les scones au fromage et les petits gâteaux à la confiture, les sablés au beurre et les sandwichs dont le pain était tranché si fin qu'il en devenait presque diaphane et laissait voir la garniture (œuf, concombre, saumon) en transparence, lady Jane avait soin de semer des denrées exotiques qui rappelaient à ses convives – au cas où elles l'auraient oublié l'espace d'un instant – qu'elles avaient le privilège de partager la collation de l'épouse de l'un des plus grands explorateurs de ce monde : loukoums translucides parfumés à la rose, à la menthe ou à la pistache et enrobés de sucre glace, figues fraîches importées à grands frais, mises à rôtir avec une larme d'alcool et un soupçon de muscade, biscuits roses de la ville de Reims qui craquaient sous la dent, pâtisseries grecques constituées d'un délicat assemblage de feuilles de pâte minces comme le papier, imbibées de miel de trèfle. Chacune de ces trouvailles s'accompagnait – et là résidait le but de cet étalage de friandises – d'une histoire relatant son origine, l'étymologie de son nom ou la première rencontre de lady Jane avec le mets en question, sous le soleil du désert ou dans l'ombre fraî che des murs d'une cité médiévale, c'était selon. Ces dames dussent-elles ne jamais voyager plus loin que son salon, elles n'en auraient pas moins fait presque le tour du monde.

Dans une armoire occupant la place d'honneur de son boudoir aux allures de bonbonnière s'élevait une vitrine où étaient exposés les trésors de voyage de lady Jane. Si les artéfacts et différents objets récoltés par son mari et les subalternes de celui-ci au cours de ses explorations trônaient bien en vue dans la bibliothèque, cette vitrine-ci était entièrement consacrée aux fruits de ses pérégrinations personnelles, qui n'en avaient que plus de prix à ses yeux d'avoir été découverts et rassemblés de sa propre main comme un bouquet de fleurs rares.

S'y trouvaient, côte à côte, une rose des sables dont les délicates arêtes à l'harmonie irrégulière éveillaient invariablement l'admiration de ces dames, à qui lady Jane préférait toutefois ne pas révéler la source de cette singulière beauté ; un poignard à la lame sculptée dans sa gaine de cuir repoussé, qu'elle avait âprement négocié à l'un de ces hommes vêtus de bleu qui sentaient aussi fort que les chameaux dont ils partageaient l'existence ; un grigri fait de corne, de plumes et de billes d'onyx qui avait toujours suscité chez elle une très légère inquiétude ; le fos sile parfaitement conservé d'une fleur dont on distinguait les pétales nervurés et jusqu'aux petits poils hérissés recouvrant les feuilles d'un duvet rêche ; un moustique prisonnier d'une grosse goutte d'ambre couleur de miel, suspendu pour l'éternité dans l'or translucide ; une sculpture représentant, avec une crudité presque obscène, une silhouette féminine aux seins et aux formes rebondies (que ces dames faisaient le plus souvent semblant de n'avoir pas vue, pour qu'on ne puisse pas se laisser aller à songer que ces mêmes formes se cachaient sous les jupons, guimpes et crinolines dont elles étaient caparaçonnées) ; d'arachnéennes figurines de verre soufflé vivement coloré, achetées sur l'île de Murano, concession consentie par l'aventurière à la mode de l'époque parce que ces petites figures, bien que mièvres et somme toute assez communes, étaient tout de même l'œuvre d'authentiques artisans. En outre, lady Jane aimait bien raconter l'histoire de cette île où avaient été relégués les souffleurs de verre dont on craignait qu'ils ne mettent le feu à Venise l'immortelle. Ces ateliers de sable et de feu posés au milieu de l'eau de la lagune lui semblaient une assez jolie image.

Après avoir dûment admiré la collection de curiosités de lady Jane et les tableaux qui ornaient ses murs, les invitées s'asseyaient dans les fauteuils recouverts de tapisserie représentant des scènes mythologiques où l'on voyait notamment Diane chassant le cerf et Io fuyant Zeus, elles goûtaient les différentes douceurs qui leur étaient offertes, et bientôt un murmure confus emplissait la pièce, mélange de dizaines de voix aiguës et polies cherchant à se faire entendre par-dessus leurs semblables. Lady Jane allait gracieusement d'un groupe à l'autre, accordant une attention égale à chacune.

«Cette robe est magnifique. Et la couleur vous va à ravir.

— C'est pire encore que ce que l'on pourrait croire, car son gendre s'en est mêlé, et vous devinez bien ce qui est arrivé.

— Une perle, je vous le dis. Ma sœur, qui vit à Bath, n'en revenait pas.

— Au fait, que lui avez-vous répondu?

— Jamais avant le souper, je vous remercie.

— Et qu'adviendrait-il dans le cas contraire? Quelqu'un a bien dû faire des recherches pour savoir à qui reviendrait cet héritage?

— C'est à la pistache, je crois. J'ai du mal à distinguer toutes ces noix.

— Très chère, vous avez mis dans le mille. Mais cela reste entre nous, bien entendu. Sans quoi l'on pourrait jaser.

— Et comment l'appelle-t-on?

— Je vous assure que je n'invente rien: 1000 livres tout rond.»

Lady Jane et Sophia ressortaient épuisées de ces réceptions hebdomadaires, les oreilles bourdonnantes, l'âme habitée d'un profond sentiment de vide. Elles allaient le plus sou - vent au lit sans souper, et les domestiques en avaient pour deux jours à déjeuner de sand - wichs habilement taillés en pointe et de pâ - tisseries dégoulinantes de miel.

Avec le retour du printemps, Peddie reprit l'herbier dans lequel il rassemblait feuilles, fleurs, mousses, algues, tiges et jusqu'à la moindre brindille qui pointait sa tête verte hors des cailloux et du gravier qui recouvraient le sol inhospitalier de King William's Land. Il consacrait des soirées entières, loupe vissée à l'œil, à identifier ses précieuses trouvailles à l'aide des nombreux ouvrages de botanique que comptait la bibliothèque du *Terror,* arrangeant ensuite minutieusement ses spécimens selon la famille, le genre et l'espèce auxquels ils appartenaient, traçant leur nom latin et leur nom anglais d'une écriture nette de scientifique. Adam l'aidait depuis quelques semaines à classer et à organiser les spécimens et à dépouiller les ouvrages de référence à la recherche d'éventuels recoupements. Lorsque d'aventure les deux hommes, après des recherches exhaustives, ne trouvaient nulle part dans les livres de descriptions ou d'images correspondant à la plante qu'ils avaient cueillie ou qu'on leur avait rapportée – car il va sans dire que quiconque descendait à terre en revenait invariablement avec quelque présent à l'intention de Peddie, l'herbier étant ainsi devenu une entreprise collective –, Adam la baptisait du nom du membre d'équipage qui l'avait soumise à son examen ou de celui d'un autre avec qui elle lui semblait partager quelque caractéristique physique ou morale. Peddie n'y voyait pas trop à redire, tant que son assistant prenait le soin d'inscrire, sous ses noms inventés, les éléments factuels qu'ils étaient parvenus à déterminer hors de tout doute. Il lui était récemment venu à l'esprit qu'au fond presque tous les noms de plantes avaient été semblablement inventés, mais cette pensée ayant provoqué chez lui un certain malaise, il l'avait chassée aussitôt.

Ainsi, la délicate *drava nivalis,* qui l'hiver dresse ses minuscules bras porteurs de capsules ovales et translucides hors de la neige, petite créature végétale dont l'apparente fragilité dissimule une force semblable à celle de la glace, silencieuse et diaphane, avait reçu le nom de *Veronica* en mémoire d'une religieuse de l'orphelinat qui avait la voix douce, en plus de l'appellation platement descriptive de *snow whitlow grass.* De même, sur les grandes pages beiges se retrouvaient, aux côtés des renoncules, des anémones et de l'*Aronia ovalis* au fruit délicieux, des belles de Hornby, des lys de MacDonald et autres elliotites nommés pour l'un ou l'autre de ses compagnons.

Satisfait du travail de son jeune apprenti, Peddie lui proposa de rédiger lui-même la description de l'une des plantes qu'ils venaient tout juste d'identifier, le saule arctique. Le jeune homme avait lu suffisamment de tels textes, estimait le chirurgien, pour être capable d'en reprendre la structure. Le cas échéant, lui-même corrigerait les inexactitudes qui se glisseraient sans doute dans son travail. Les quelques lignes que lui remit Adam le plongèrent cependant dans la perplexité. On y lisait, en lettres fines élégam -

ment formées, légèrement penchées vers l'avant, qui elles-mêmes ressemblaient à la tige délicate de quelque simple aux fleurs tarabiscotées :

> *Le Saule Arctique semble appartenir à parts égales aux Règnes animal et végétal, croisement improbable entre la Cerise et la Chenille. Recouverte en entier d'un Duvet argenté qui ressemble au pelage de certains animaux Arctiques, la plante ne mesure guère plus de quelques pouces mais s'étend parfois sur une surface de plusieurs pieds carrés. Elle est hérissée d'antennes Rouge et Jaune vif terminées par un léger Renflement, lesquelles sont fichées dans des écailles noires et veloutées. L'ensemble rappelle la Douceur et la couleur des ailes du Papillon qu'annonce la Chenille.*

Peddie avait dû relire les quelques lignes à deux reprises afin de s'assurer que l'autre ne lui avait pas remis par erreur le texte de quelque fable ou d'un poème qu'il se serait amusé à écrire. Puis il s'était demandé si cet Adam avait voulu se moquer de lui, qui s'efforçait de mener à bien une entreprise scientifique sérieuse, d'où l'imagination et la créativité n'étaient pas exclues, certes, mais qui n'avait certainement rien à faire de cette… *littérature*. Une fois qu'il eut nommé la chose qu'il tenait entre ses mains, il se sentit un peu mieux, et prêt à affronter son assistant. En homme patient et tenace qu'il était, il s'arma d'abord de l'une de ses descriptions dont il était le plus fier et qui lui semblait, par sa concision et sa précision, un modèle du genre, celle qu'il avait rédigée pour la saxifrage à feuilles opposées (*Saxifraga oppositifolia*).

> Petite plante basse à fleur rose fuchsia à cinq pétales et cinq étamines (celles-ci d'un jaune vibrant). Pousse sur un sol rocheux, où elle forme d'épais tapis, elle apparaît à la fin du mois de juin pour disparaître en septembre. Ses feuilles lisses d'un vert profond sont le plus souvent serrées sur les tiges mais, sur certains spécimens, il arrive qu'elles soient très espacées. Particulièrement vivace, la saxifrage est parfois la seule plante à pousser dans un terrain particulièrement infertile. Elle ne dégage aucune odeur.

Suivait le détail de la taxinomie linnéenne, dont il n'avait pas encore jugé bon d'expliquer les subtilités à son jeune apprenti, ce qui aurait nécessité, entre autres choses, des leçons de latin qu'il ne se sentait ni le goût ni la compétence d'entreprendre.

Quand Adam revint le lendemain lui remettre les spécimens que les hommes avaient recueillis la veille, Peddie l'invita à s'asseoir et se racla la gorge :

« J'ai lu le petit texte que tu m'as remis hier… C'est… hum, très bien… hum… Mais, vois-tu, mon garçon, il importe d'être plus rigoureux. Il nous faut noter des faits, des observations objectives… »

Adam l'interrompit. Il semblait légèrement déçu, mais guère étonné.

Il sortit de sa poche un papier plié en quatre.

« Je ne vous l'ai pas donné hier parce que je n'étais pas absolument certain de la sous-classe… Mais j'ai vérifié ce matin, il appartient bien aux *dileniidae*. Excusez-moi, on m'attend aux cuisines. » Et il s'en fut.

Dépliant la feuille, Peddie découvrit, tracé de la même écriture au fin délié:

Salix artica
Regnum : Plantae
Subregnum : Tracheobionta
Phylum : Spermatophyta
Subphylum : Magnoliophyta
Classis : Magneliopsida
Subclassis : Dileniidae
Ordo : Salicales
Familia : Salicaceae
Genus : Salix

Incrédule, il saisit l'ouvrage qu'il utilisait le plus souvent comme référence, un catalogue écorné dont la couverture de cuir se fendillait d'avoir été trop manipulée, et se mit à le compulser fiévreusement, comme s'il espérait découvrir une faille dans cet arbre taxinomique dont il savait qu'il s'avérerait parfaitement exact.

29 mai 1847

Les hommes ont entrepris il y a quelques jours d'édifier un cairn avec la même énergie qu'ils mettraient à bâtir un phare ou, naufragés sur une île déserte, un radeau sur lequel ils auraient l'espoir de prendre les vagues. Sir John, qui, depuis le début de l'expédition, s'oppose fermement à ce qu'on laisse des traces inutiles de notre passage, n'a apparemment pas eu le cœur de s'opposer à leur entreprise. Il faut dire que nous avons laissé la grève de Beechey Island jonchée de boîtes de conserve vides et de divers déchets, en plus d'y avoir planté ces trois croix qui témoignent silencieusement de notre séjour. Peut-être juge-t-il que celles-ci rendent vaine toute tentative de passer inaperçu. Ou peut-être croit-il plutôt que ce cairn, planté là où il est, dans une déclivité à quelques centaines de mètres de la berge désolée, ne court aucun risque d'être vu.

Tout ce que je sais, c'est que quand Fitzjames est venu lui présenter cette requête, il a acquiescé sans faire de difficultés. Comme l'ensemble du paysage est recouvert par une épaisse couche de neige, il a fallu quelques jours pour rassembler les roches nécessaires à l'érection de la tour, qui n'est guère plus haute qu'un homme. On y a glissé l'un de ces feuillets où est dactylographié un message en cinq langues, le même que j'ai inutilement jeté à la mer avec un bouton; Fitzjames y a tracé quelques lignes que sir John a relues distraitement, comme si le contenu l'intéressait peu. Il m'a ensuite tendu le feuillet pour que j'en prenne connaissance, et j'ai fait remarquer qu'il comportait une erreur : nous n'avions pas passé l'hiver de 1846 à 1847 à Beechey Island, mais bien celui de 1845 à 1846. Sir John et Fitzjames ont haussé les épaules, comme s'il s'agissait là d'une vétille. Je n'ai pas insisté, car je vois mal à quoi pourrait servir ce message : tant que nos vaisseaux sont englacés non loin, ce sont eux qui affichent notre présence et, une fois que nous aurons levé l'ancre, il indiquera l'emplacement que nous occupions l'année précédente et sera par conséquent absolument caduc.

H. M. S. *hips* Erebus *and* Terror *wintered in the Ice in*

28 of *May* 1847 } Lat. 70° 5' N. Long. 98° 23' W.

Having wintered in 1846—7 at Beechey Island

in Lat. 74° 43' 28" N. Long. 91° 39' 15" W. after having

ascended Wellington Channel to Lat 77° and returned

by the West side of Cornwallis Island.

John Franklin *commanding* the Expedition

Commander

All well

1er juin 1847

Le mystère des relevés magnétiques est élucidé. La clef en était d'une simplicité désarmante. Adam est venu toquer à la porte de ma cabine il y a quelques minutes, portant dans ses bras une veste d'officier un peu défraîchie, qu'il m'a présentée en annonçant : « Voilà la coupable. »

J'ai immédiatement reconnu ma veste, que j'avais laissée à repriser à Andrew, en charge du blanchiment et de l'entretien des vêtements des officiers – lequel se limite, depuis quelques mois, à des ravaudages sommaires – et, sans rien laisser voir, j'ai demandé à Adam s'il savait à qui appartenait le vêtement, et ce qu'il avait à lui reprocher.

Il m'a répondu qu'Andrew avait refusé d'en identifier le propriétaire, mais qu'il lui avait tout de même confirmé, à sa demande, qu'il s'agissait d'un homme ayant pris part à plusieurs expéditions en vue d'effectuer des relevés magnétiques. Puis il m'a prié de ne pas punir le coupable, ce à quoi j'ai acquiescé sans difficulté, d'autant plus que, sans encore comprendre comment ni pourquoi, je commençais à soupçonner que ce coupable n'était autre que moi.

« C'est bon, ai-je dit. Maintenant, veux-tu bien m'expliquer pourquoi tu m'apportes cette veste ?

— Lorsque vous avez démonté les instruments de mesure, il y a quelques jours, sir, vous avez constaté qu'ils étaient exacts. Alors je me suis dit qu'il y avait forcément quelque chose qui les déréglait, quelque chose qui ne faisait pas partie de leur mécanisme mais se trouvait à proximité…

— Et tu as trouvé cette pièce d'uniforme ? »

En prononçant ces paroles, j'ai saisi le vêtement, que j'ai examiné plus attentivement, gagné par un sentiment d'incrédulité. L'un de ses boutons ne luisait pas du même éclat que les autres ; c'était le mince bouton de fer par lequel j'avais remplacé le bouton de cuivre que j'avais jeté à la mer dans le cylindre.

J'ai murmuré, presque sans m'en apercevoir : « Le fer… »

Adam, toujours debout devant moi, a hoché la tête en silence. J'ai posé une main sur son épaule, lui ai rendu la veste et il est reparti d'un pas léger. Quant à moi, me voilà encore plus convaincu que le moindre de nos gestes, fût-il le mieux intentionné du monde, est susceptible de se solder par une catastrophe. Nos savants calculs, nos mesures minutieuses, nos formules précises, invalidés, tous, par ma faute et celle d'un bouton…

Il me faudra désormais m'assurer, avant chacune des sorties, que pas un de ceux qui y participent ne porte sur lui le moindre bout de fer ni la plus petite trace de limaille susceptible de fausser nos précieux instruments qui, réputés pour être absolument précis, n'en sont pas moins absolument faciles à tromper.

Puis il arriva cette chose extraordinaire : Franklin, sir John Franklin, le héros de l'Arctique, l'homme qui avait mangé ses souliers, mourut. S'il était déjà arrivé à plus d'une reprise à Crozier d'imaginer sa propre disparition, qu'il se représentait comme un processus graduel et somme toute assez doux, une eau tiède qui recouvrirait progressivement sa bouche, son nez, ses oreilles, ses yeux, jusqu'à l'engloutir tout entier et par faire taire les voix qui le taraudaient, jamais il n'avait imaginé que sir John pût trépasser. Sir John dont le refus d'envisager la possibilité de l'échec de leur entreprise lui paraissait certains jours procéder moins d'une bêtise invincible que d'une forme de courage, comme si le capitaine avait, contrairement à lui, qui se complaisait dans son désespoir facile, sciemment résolu de continuer envers et contre tous. Peut-être était-il vraiment du bois dont on fait les héros. Surtout mort.

On enveloppa la dépouille de sir John dans le pavillon de l'Angleterre qu'il gardait plié en huit dans sa cabine, celui-là même qu'avait brodé son épouse à la veille de son départ. Puis, au plus fort de l'été, quand le soleil eut commencé à faire fondre la glace par endroits, y faisant naître de minces rigoles glougloutantes et des bassins plus ou moins profonds, traîtreusement recouverts d'une couche de bouillie de neige qui se confondait avec la banquise avoisinante et dans lesquels un homme qui y plongeait le pied par mégarde pouvait parfois disparaître en entier, on confia son corps à la mer. La banquise ne disparut cependant pas cet été-là, et les vaisseaux en restèrent prisonniers. La glace eut tôt fait de se reformer, cristalline, par-dessus la dépouille de sir John. Pendant des mois, on put voir en transparence, sous une couche de glace protectrice un peu semblable au verre qui sépare du public les artéfacts précieux conservés dans les musées, les couleurs du drapeau recouvrant le capitaine. Ainsi exposé, le pavillon semblait signifier sans équivoque que c'était la glace qui avait pris possession de l'expédition de Sa Majesté, et non pas l'inverse.

Complainte de lady Franklin
(air populaire)

Il y a longtemps que mon cher Franklin partit
Pour explorer les mers et océans nordiques
Je me demande si mon fidèle mari
Lutte toujours contre la bise despotique.
S'il reviendra jamais dans les bras adorants
De sa Jane très chère, pour guérir les tourments
De son cœur meurtri qui n'abrite que douleur.
Mon Franklin adoré, quelle que soit la longueur,
De ton voyage, ma prière ne changera point :
Que la Providence choisisse un moyen
De te guider vers moi sain, sauf, victorieux.

Cathedra foraminata

Quand elle n'était pas occupée à peindre ses cartes qui étaient comme autant de labyrinthes multicolores, lady Jane se replongeait dans la lecture des journaux de Scoresby, Ross et Parry, qui tous avaient essayé sans succès de découvrir ce passage à la conquête duquel son mari était parti depuis plus de deux ans.

Elle annotait ces récits pourtant cent fois compulsés, comme s'ils allaient cette fois lui livrer un secret qu'elle n'aurait pas su voir auparavant ; elle les scrutait parfois littéralement à la loupe, dans l'espoir de découvrir la clef dans les blancs entre les mots, petites îles noires régulièrement disposées sur une mer de muette blancheur. Quant à savoir à quoi lui servirait, à elle, assise à son bureau dans le boudoir de sa maison londonienne, de découvrir le chemin que devait parcourir son mari maître et prisonnier de son navire englacé à l'autre bout du monde, le problème, quoiqu'épineux, ne lui semblait pas insoluble. Elle avait depuis longtemps l'habitude de trouver seule la solution aux questions complexes et de la transmettre sans qu'il y paraisse, par osmose, pourrait-on dire, à son époux particulièrement réceptif, de sorte que celui-ci, s'éveillant un matin après avoir eu le temps de mûrir ce que lui avait presque insensiblement suggéré lady Jane, s'écriait, ravi, qu'il avait trouvé. Elle ne voyait pas pourquoi cette manière de faire qui était depuis si longtemps une part intégrante des mœurs du couple cesserait de fonctionner simplement parce que ses deux membres étaient séparés par un océan.

Elle relisait sans se lasser les premiers volumes de *Der Kosmos. Entwurk einer physischen Weltbeschreibung,* grand œuvre de son cher von Humboldt, dont la traduction anglaise venait de paraître, et qui offrait une admirable description du monde physique dont il serait possible d'induire, à partir des détails, les lois universelles auxquelles ils répondent comme on pouvait déduire de celles-ci les manifestations singulières des différents phénomènes observés. Cette merveilleuse symétrie unissant harmonieusement, en un échange incessant, le général et le particulier, semblait à lady Jane la quintessence de la Science, qui procédait tout à la fois et dans une égale mesure de la Connaissance et de la Philosophie, de la Technique et de la Littérature, et lui paraissait en outre renfermer mystérieusement quelque confirmation de ses intuitions.

En esprit pratique, scientifique qu'elle était, lady Jane avait toujours accordé fort peu de foi aux diseuses de bonne aventure, hypnotiseurs et autres charlatans qui prétendaient lire l'avenir, mais il s'agissait ici de lire le présent. Le seul obstacle était donc celui de la distance, de la matière, problème aisément vaincu, comme en témoignaient les expériences de monsieur Mesmer et celles, plus récentes, de monsieur Morse.

Lady Jane écrivait donc à sir John presque tous les soirs, des lettres longues, regorgeant de détails, de nuances, d'observations et de recommandations. Il ne lirait pas ces missives avant son retour, mais elle croyait presque qu'il lui suffisait d'en tracer les mots sur le papier pour que, mystérieusement, ils trouvent le moyen de parvenir à son mari sous une forme ou une autre, en rêve, qui sait. Au fond, un tel échange de pensées par-delà l'océan n'aurait pas été si différent des merveilles que l'on attribuait au magnétisme, et si un pôle de la Terre pouvait attirer sans coup férir toutes les aiguilles aimantées, pourquoi l'esprit de son mari n'attirerait-il pas les mots que lui destinait son épouse par-delà l'océan?

25 juin 1847

Sir John Franklin est mort il y a deux semaines, et c'est aujourd'hui seulement que j'ose
tracer ces mots que je me suis jusqu'à maintenant refusé à écrire comme s'il m'était ainsi
possible de suspendre, d'annuler la réalité de
sa disparition. On l'a trouvé sans vie au matin du 11 juin, le visage paisible, étendu sur
sa couchette, vêtu de l'uniforme qu'il portait
la veille ; nul ne sait de quoi il est mort et j'ai
interdit à Peddie, qui voulait faire une autop-
sie, d'aller fouiller ses entrailles, ce qui me
paraissait un outrage inutile. Si ma vanité
n'aurait point souffert, en Angleterre, de me
voir coiffé du titre de commandant de l'expédition, il me déplaît plus que je ne saurais le
dire de songer que je le dois maintenant à la
mort d'un homme.

Dès le lendemain de son décès, DesVœux
est venu me demander si je souhaitais em-
ménager à bord de l'*Erebus,* où la cabine de
sir John est, semble-t-il, plus spacieuse que la
mienne. J'ai évidemment refusé, et stipulé
qu'elle devait rester intouchée. Fitzjames qui,
pour l'essentiel, voyait déjà à la bonne marche des activités sur le navire, est désormais
capitaine de l'*Erebus,* et mon second. Aussi
étonnant que cela puisse paraître, je découvre que je suis heureux de pouvoir compter
sur lui.

Je ne suis allé me recueillir qu'une seule
fois sur la tombe de sir John, et n'ai pu rester
plus de quelques minutes devant cette curieuse vitrine que forme la glace recouvrant

le pavillon dont il est enveloppé. Je comprends pourquoi l'on prend soin d'enterrer les morts ou de confier leurs corps aux profondeurs marines : il n'est point naturel de continuer de les voir ainsi longtemps après leur trépas, ni d'avoir l'impression qu'ils peuvent eux aussi continuer de nous contempler bien après qu'ils ont fermé les paupières pour la dernière fois.

18 juillet 1847

Si cela n'était pas si risible, ce serait à pleurer. Je me suis inventé un rival de toutes pièces. Qui sait quel autre tour a pu me jouer mon imagination ?

Fitzjames, malgré qu'il ait de réels talents pour le dessin – à preuve, cette série de portraits d'officiers, exécutés à main levée alors que les modèles étaient occupés à écluser leur porto, et qui, distribuée aux hommes, fait leur joie –, ne jure que par le daguerréotype, dont il a tenu à superviser lui-même l'embarquement, de même que celui des centaines de plaques de cuivre soigneusement empilées dans la cale de l'*Erebus*.

L'appareil, quelque peu encombrant et malcommode, demande une patience et une minutie égales à celles qu'exige la manipulation des boussoles de déclinaison, mais le processus nécessaire au développement de l'image fixée sur le support au terme de l'exposition est à ce point complexe et délicat que je me prends parfois à regretter l'époque où une plume et un bout de papier suffisaient à représenter n'importe quel paysage – et, à ce jour, à tracer toutes les cartes.

Il va de soi que le progrès scientifique est chose merveilleuse et qu'il permet d'étendre chaque jour davantage notre domination sur le monde qui nous entoure, mais à voir Fitzjames penché, les yeux plissés, au-dessus de ses bassins fumants de mercure et d'hyposulfite de soude, j'ai l'impression d'avoir pénétré par erreur dans le laboratoire de quelque alchimiste des temps passés, absorbé dans l'exécution de l'œuvre au noir.

Le résultat de ces opérations ne cesse cependant de m'étonner, et je ne m'habitue pas à ce prodige par lequel on arrive ainsi à fixer sur l'argent un objet réel, ou, plus exactement, son image et sa ressemblance. Il y a véritablement là quelque merveille proche de la sorcellerie, et il m'est arrivé de me demander si ce processus n'avait point pour conséquence de priver l'objet représenté d'une part évanescente mais essentielle de lui-même. En observant l'image qui prend forme, on croit assister à l'apparition de quelque spectre désincarné, quelque forme fantomatique qui aurait perdu sa substance pour n'être plus que surface vide. La collection de daguerréotypes réalisés depuis le début de notre voyage me semble donner à voir comme l'envers ou l'ombre de ce que nous avons réellement observé.

Quand je me suis ouvert de ces réflexions à Fitzjames tout à l'heure, tandis qu'il était occupé à démonter l'appareil pour en essuyer toute trace de condensation, il a ri de bon cœur.

«Crois-tu, Francis, qu'en faisant à l'huile ou au fusain le portrait de quelqu'un on lui dérobe quelque fragment de son être?

— Non, évidemment…

— Le daguerréotype ne fait au fond rien de différent, si ce n'est qu'à la main et à l'œil incertains de l'artiste il substitue l'exactitude infaillible du mécanisme.»

Je sais bien qu'il a raison, mais il n'en demeure pas moins que l'idée de ces images à jamais séparées de leur modèle et qui continuent d'exister loin de lui d'une vie pour ainsi dire indépendante, me gêne et me déplaît.

Je lui ai demandé s'il avait lui-même fait des portraits avant de s'embarquer sur l'*Erebus*.

«Oui, quelques-uns, dans les semaines précédant notre départ, pour me familiariser avec l'appareil. Lady Jane, l'épouse de sir John, qui était curieuse de tout savoir du mécanisme, et aussi sa nièce, une assez jolie jeune personne dont j'oublie le nom.

— Sophia.»

Ainsi, c'est à lui que je dois la seule image que je possède de celle à qui je songe nuit et jour, à lui, qui ne se rappelle pas son nom.

«Oui, Sophia. Il a fallu reprendre le cliché à plusieurs reprises, si je me souviens bien. Elle ne tenait pas en place.»

J'ai balbutié je ne sais quoi et je suis sorti en titubant comme un homme ivre à la pensée de Sophia se trémoussant d'aise devant l'œil froid de l'appareil.

— Adam?

— Oui.

— Tu dors?

— Non.

— J'ai faim.

— Je sais. Dors, et tu ne sentiras plus ta faim.

— Et toi?

— Oui.

— Adam?

— Oui.

— Tu crois qu'on en a encore pour long-temps?

— Longtemps?

— À rester englacés. Tu crois que la glace va bientôt céder et que les navires vont pou - voir repartir?

— Je ne sais pas.

— Moi non plus je ne sais pas, personne ne sait. Mais qu'est-ce que tu crois?

— La vérité?

— ... Non.

— Je crois que c'est une question de jours. Le soleil est un peu plus fort chaque jour.

Bientôt on relancera les moteurs et on fracassera toute cette glace aussi facilement qu'on crève la couche de givre qui recouvre les étangs dans les landes, aux derniers gels du printemps. J'ai vu aujourd'hui des fissures qui n'étaient pas là hier. Et puis les glaces vont s'ouvrir d'elles-mêmes, et ce sera l'été.

— Et il y aura des oiseaux?

— Plein le ciel. Des milliers. Des mouettes, des sternes, des oies bien grasses à la chair bien rouge. Il y aura aussi des renards, et des troupeaux de rennes, qui viendront brouter tout près.

— Adam?

— Oui.

— Qu'est-ce qui te manque le plus?

— …L'horizon. Savoir où s'arrête la terre et où commence le ciel. Ne plus avoir à me figurer une ligne imaginaire entre le blanc et le blanc…

— Je m'ennuie de ma femme, Adam. Tous les jours, je pense à elle tout le jour, et je la vois en rêve, mais elle s'enfuit dès que j'essaie de l'approcher. Je voudrais être couché à ses côtés dans un vrai lit, avec un édredon de plumes, et voir le soleil se lever par la fenêtre en l'entendant respirer à mes côtés.

— …

— Adam?

— Oui.

— La vérité, maintenant.

— Je ne sais pas.

— La vérité, je te dis.

— Nous sommes à la fin du mois de juillet. Puisque nous sommes arrivés à peu près à la même époque l'an dernier, c'est donc qu'il n'y avait pas de glace et qu'il y en a maintenant. Les cartes que nous avons ne permettent pas de savoir si cette année est particulièrement froide où si l'année dernière était particulièrement chaude. Dans un cas comme dans l'autre, l'automne sera bientôt là, et il faudra attendre encore un hiver et un printemps avant de pouvoir sortir d'ici.

— Adam?

— Oui.

— J'ai faim.

— Je sais, dors, tu ne sentiras plus ta faim.

— Elle s'enfuit dès que j'essaie de l'appro-cher, Adam.

— Je sais.

Depuis quelques semaines, Sophia n'arrive ni à trouver le sommeil ni à rester réveillée, et passe la plus grande partie de ses journées affalée sur un canapé en proie à une sorte de somnolence, incapable de s'intéresser à quoi que ce soit, incapable même de lire plus de quelques pages à la fois. Par ailleurs, elle dort mal, se lève le matin pâle et tirée après s'être débattue des heures dans des rêves dont elle ne garde qu'une impression de malaise diffus et quelques images floues. Un homme se présente d'abord comme John Fitzjames et, se retournant, révèle derrière son crâne la figure de Mathieu de Longchamp, lequel se transforme ensuite en Francis Crozier. Il danse avec une multitude de partenaires une valse aux accents stridents dans une salle où le cristal et l'or envoient des éclats semblables à ceux que l'on voit dans un kaléidoscope. Les danseurs et les éclairs de lumière tournent au rythme des violons qui s'emballent, se déchaînent en une sarabande survoltée dont Sophia reste exclue. Elle s'éveille couverte d'une sueur froide, une aube blafarde filtre par les volets entrouverts, pas un bruit ne se fait entendre ni dans la rue déserte ni à l'intérieur de la maison où tout dort encore. Elle est seule, à essayer de discipliner les battements de son cœur qui s'agite en courtes envolées. Elle inspire profondément, prend un livre dont elle déchiffre quelques paragraphes dans la pénombre, les relit deux, trois fois sans en garder le moindre souvenir, puis finit par se rendormir, quand les premiers serviteurs se sont levés, au son de l'eau qui coule et des pas feutrés au rez-de-chaussée. Certaines images de la nuit la poursuivent pendant des journées entières : le visage de Crozier, curieusement transplanté sur le corps d'un autre ; ses yeux où se lit un perpétuel reproche.

2 septembre 1847

Maintenant qu'il y a plus de deux ans que nous sommes dans ce pays de neige, j'ai de plus en plus de mal à me souvenir de ma vie d'avant; le comté de Down où j'ai passé mon enfance, mes précédentes missions, les navires sur lesquels j'ai servi et les équipages en compagnie de qui j'y ai vécu, ma dernière expédition en Antarctique, les préparatifs de ce voyage-ci et jusqu'aux quelques semaines bénies passées en Tasmanie me semblent appartenir à un rêve. Il m'arrive d'en retrouver des bribes, le plus souvent sans l'avoir voulu et parfois même à des moments singulièrement inopportuns, mais dès que je tente de m'y accrocher, d'évoquer des images dont je sais pourtant qu'elles n'ont pu être effacées de ma mémoire, elles s'effilochent et se dissipent, comme si j'essayais de saisir à pleines mains des paquets d'embruns. Je suis pareillement incapable d'imaginer un « après » à ce séjour de glace qui me paraît aussi dépourvu de fin qu'il est dénué de commencement. Certes je sais, grâce à ce journal, grâce aux instruments, qu'il y a 723 jours exactement que nous sommes prisonniers de la blancheur, mais ç'aurait pu être quelques très longues journées aussi bien que des décennies. Le temps n'est plus cette mesure familière, régulière comme un métronome, repère absolu et absolument fiable. L'écheveau des heures et des jours s'est dévidé, ne me laissant qu'un unique moment éternel et toujours recommencé.

7 décembre 1847

La vie à bord d'un navire prisonnier de la glace et de la nuit aux confins du monde connu est quasi insupportable pour deux raisons paradoxales : c'est une vie d'isolement complet et de complète promiscuité, deux conditions qui, bien qu'opposées, sont également contraires à la nature humaine. L'homme a besoin de la compagnie de ses semblables, cela est entendu. Mais forcé de passer toutes les secondes de chaque journée au milieu d'autres hommes, il en vient à ne plus voir en eux que des animaux qui mangent, boivent, chient et pissent, se battent et parfois meurent. Cette petite société vit par ailleurs dans un isolement si total qu'elle pourrait aussi bien être seule au monde. Venus en découvreurs arpenter une terre inconnue et sillonner des eaux légendaires, les hommes voient leur royaume réduit aux dimensions de deux navires de bois dont ils connaissent après quelques semaines chaque centimètre carré, chaque clou, chaque planche, chaque tache et chaque fissure. C'est pourquoi la plupart tentent de s'évader en esprit, par le rêve ou le souvenir.

L'hiver est une créature redoutable, qui mord, griffe, ronge et dévore ses victimes à petit feu. Il fait fendre les clous, et éclore dans les glaces et sur le verre des floraisons délicates comme des dentelles à la beauté maléfique, il engourdit les membres et l'esprit, et jusqu'à l'âme qui bientôt ne souhaite plus que se fondre dans ce tout silencieux dont la pureté meurtrière semble repos et paix.

Bouger est une douleur, respirer est une douleur, car c'est accepter de laisser entrer en soi la créature de gel qui envahit l'être et glace jusqu'au cœur.

L'haleine des hommes s'élève en nuages de leurs lèvres entrouvertes, comme si à chacune de leurs expirations une partie de leur âme leur échappait pour se dissoudre et disparaître dans l'air glacé. Le givre s'insinue dans les moindres interstices, s'incruste dans des fissures imperceptibles qu'il agrandit jusqu'à faire éclater les planches dans un fracas de tonnerre. Une fine couche blanche recouvre toutes les surfaces, semblable à la mousse duveteuse de quelque moisissure fleurie dont la douceur apparente cache un froid sec comme l'os. Quiconque pose par mégarde un doigt nu sur un objet de métal est forcé, pour l'en détacher, d'y abandonner des lambeaux de chair.

Au fur et à mesure que passaient les mois, l'inquiétude de lady Jane grandissait. Elle s'en était ouverte à quelques-uns de ces messieurs de la Société géographique et de la Société royale, mais ils avaient balayé ses doutes du revers de la main en lui rappelant que l'*Erebus* et le *Terror*, géants à l'armure de fer propulsés par de puissants moteurs et porteurs de provisions plus que suffisantes pour nourrir leur équipage pendant trois ans s'il le fallait, devaient se rire des glaces de l'Arctique. Peut-être le Passage avait-il été découvert depuis longtemps et Franklin s'affairait-il à tenter de trouver une route plus directe, ou plus aisément praticable pour des navires plus fragiles que les siens. Peut-être avait-il entrepris de reconnaître en détail cette région qui, sur les cartes, demeurait en grande partie blanche. Jane écrivit à l'Amirauté, où ses missives reçurent le même accueil et restèrent lettre morte. Manifestement, personne n'était disposé à considérer que l'expédition Franklin puisse être en fâcheuse posture. Tous, au contraire, avaient besoin de croire dur comme fer en l'inéluctabilité de son succès.

Mais lady Jane n'était évidemment pas femme à se laisser décourager par si peu et n'entendait pas être gentiment retournée chez elle comme l'épouse d'un fantassin venue demander des nouvelles de son mari et à qui on tapote le bras en murmurant des paroles d'encouragement avant de la renvoyer bredouille.

Ces messieurs étaient en quelque sorte sur leur terrain dans les officines de l'Amirauté ou confortablement installés dans les fauteuils de leur club où elle n'était qu'une intruse passagère. Ils avaient pour eux le nombre et le champ de bataille ; cela était évidemment inacceptable, et il fallait trouver un moyen de gagner l'avantage.

Lady Jane résolut de les inviter à partager son repas de Noël.

Après mûre réflexion, elle convia à ce souper qui lui semblait par moments représenter sinon son dernier du moins son meilleur espoir d'amener ces messieurs à se ranger à ses vues :

- Sir John Barrow, premier baronnet, deuxième secrétaire de l'Amirauté, membre de la Société Royale et de la Société géographique de Londres, et sa charmante épouse ;
- James Clark Ross, explorateur chevronné, récipiendaire de la Légion d'honneur et membre de la Société géographique de Londres, et sa charmante épouse ;
- Sir Robert Peel, premier ministre, et sa charmante épouse (dont on savait qu'ils avaient la coutume de passer la Noël chez les parents de celle-ci, dans le Devonshire, mais il ne serait tout de même

pas désagréable d'annoncer aux autres invités : « Sir Robert, qui regrette de ne pouvoir être des nôtres, mais, vous le savez bien, nos premiers devoirs sont envers notre famille, vous transmet ses meilleures salutations… ») ;

— William Edward Parry, lui aussi explorateur émérite, contre-amiral et gouverneur de l'hôpital de Greenwich, et sa charmante épouse ;

— Jim Foster, marchand de poissons dont la boutique était située rue du Château dans le village où se trouvait le château de sir James Forester, inventeur et membre de la Société géographique de Londres, à qui l'invitation était destinée mais qui ne la reçut point. Conséquemment, il ne put y répondre et ne fut plus jamais invité par lady Jane. Jim Foster, quant à lui, après un moment d'incrédulité, se servit de l'enveloppe de ladite invitation pour emballer un morceau de morue et n'y pensa plus ;

— Sir Lionel Templar, homme de science, aussi membre de la Société géographique (dont la charmante épouse était décédée depuis quelques mois, et qui avait l'habitude de passer la Noël chez sa fille).

James Ross, William Parry et John Barrow répondirent qu'ils seraient enchantés de passer la Noël en compagnie de l'épouse de leur collègue et ami, le dernier précisant qu'il se faisait une joie de rencontrer la fille de celui-ci. Lady Jane fut bien forcée de constater qu'elle avait complètement oublié Eleanor, dont elle avait supposé qu'elle irait passer Noël chez la famille de son fiancé. Inexplicablement, la jeune fille se fit tirer l'oreille avant d'accepter l'invitation de sa belle-mère, qu'elle ne promit d'honorer qu'à condition que lady Jane reçoive aussi sa future belle-famille. Après avoir tout essayé pour la dissuader (ces gens s'ennuieront à mourir, ils ne connaîtront personne, notre milieu si différent du leur ne peut que les mettre mal à l'aise, pensez-y donc, Eleanor), lady Jane s'inclina et dirigea ses énergies ailleurs, refusant de s'inquiéter davantage à la pensée que lord Barrow serait forcé de côtoyer ces Gell dont la fortune (récente) avait à voir avec le drap ou la dentelle, elle ne savait trop. Sir Robert Peel fit savoir qu'il était désolé, mais qu'il était pris ailleurs. Il remerciait fort gracieusement lady Jane de son invitation et promettait de venir lui rendre visite à la nouvelle année. Quant à sir James Forester, il ne donna évidemment pas signe de vie, pas plus que Lionel Templar, ce que lady Jane mit sur le compte de l'impolitesse dans le premier cas et du chagrin du deuil dans le second.

Les semaines qui suivirent passèrent rapidement en visites, en emplettes diverses et en divertissements destinés à sortir Sophia de la torpeur qui semblait s'être abattue sur elle. Le menu fut élaboré avec le plus grand soin. On hésita longuement entre l'oie et le roast-beef, on tergiversa quant à savoir s'il convenait de servir un aspic ou bien un sorbet en guise d'entremets, pour conclure que ni l'un ni l'autre n'étaient nécessaires et que ces coutumes alimentaires venues d'outre-Manche ne méritaient pas l'engouement qu'elles suscitaient. Lady Jane avait fixé son plan de table depuis longtemps, à l'aide de petits cartons décorés de la main de sa nièce.

Il faisait particulièrement froid depuis quelques jours, et quand ces dames se réveillèrent le matin de Noël, elles aperçurent par leurs fenêtres un paysage couvert de neige. On aurait dit que les arbres avaient été enveloppés de coton, une couverture immaculée jetée sur l'herbe, les allées, les rues, et jusque sur les chapeaux des rares passants qui se hâtaient, car les flocons tombaient toujours, indolents, ventrus, comme autant de boules de fourrure.

Le salon était sobrement décoré, comme il sied à une pièce quasi endeuillée par l'absence de son occupant le plus illustre à un moment de l'année où il est tout de même de bon ton de se laisser gagner par l'esprit de réjouissances. Des touffes de houx étaient accrochées çà et là, des guirlandes de sapin ornées de quelques pommes odorantes entouraient le foyer et s'entortillaient autour de la rampe d'escalier comme des lianes qui eussent cherché à atteindre les étages. La flamme des dizaines de bougies se réverbérait dans les cristaux des lustres et les miroirs sertis dans des cadres dorés, donnant à la pièce l'air d'un écrin à bijoux. Dehors l'obscurité avait un éclat presque surnaturel ; les rayons de lune baignaient d'une lueur d'argent le doux tapis qui recouvrait le sol.

Sir et lady Barrow arrivèrent les premiers, bientôt suivis de James et Ann Ross et des Parry. Eleanor, son fiancé et les parents de ce dernier se faisaient attendre, impair inacceptable aux yeux de lady Jane qui aurait de loin préféré qu'ils fussent déjà bien assis à l'arrivée de ses hôtes plus importants, de manière à donner l'impression (puisqu'il le fallait bien) d'une aimable réunion de famille, et à ne pas monopoliser l'attention de tous pendant les longues minutes séparant le moment où ils seraient annoncés de celui où ils prendraient enfin un siège.

Ann Ross, née Coulmann, était une jeune personne d'à peine vingt-cinq ans, charmante mais malheureusement affligée d'une timidité telle qu'elle avait du mal à répondre même à la question la plus anodine et rougissait dès qu'on prononçait son nom. Une fois les présentations faites, elle resta muette comme une carpe, participant à la conversation en saluant les reparties de l'un ou l'autre par un sourire poliment émerveillé.

Comme il lui était souvent arrivé de le faire au cours des derniers mois, Sophia se demanda pourquoi les hommes épousaient des oies blanches incapables, leur vie en eût-elle dépendu, de soutenir une discussion sur quelque question scientifique, philosophique ou artistique, voire, dans ce cas précis, sur le temps qu'il faisait. («C'est merveilleux, cette neige, vous ne trouvez pas? lui avait demandé Sophia à leur arrivée, avec toutes ces couleurs éteintes, un peu feutrées, on se croirait

tout à fait dans un tableau de Turner. » « … »
avait répondu la jeune madame Ross en souriant gracieusement.) Peut-être ces messieurs
se vantaient-ils entre eux du silence reposant
de leur épouse. S'ils tenaient à ce point à
avoir à leurs côtés une compagne douce,
tranquille et obéissante, pourquoi, Grand
Dieu, n'adoptaient-ils pas plutôt une femelle
lévrier ? Elle-même un peu étonnée de la violence du sentiment qu'éveillait chez elle cette
jeune personne aux joues roses et au regard
fixe, Sophia résolut de redoubler de gentil-
lesse à l'endroit de Mrs. Ross.

Eleanor, son fiancé Philip et les parents de
celui-ci arrivèrent sur ces entrefaites. Lady
Jane espérait qu'ils auraient au moins la dé-
cence d'essayer de ne pas se faire remarquer,
mais Mrs. Gell, après avoir salué avec effu-
sion les dames présentes comme s'il se fut
agi de vieilles connaissances, entreprit de
faire la conversation sans discontinuer à la
jeune Mrs. Ross, dont le sourire parut, après
un certain temps, un peu fatigué.

Alors que lady Jane discutait avec William
Parry de la configuration d'une éventuelle
mer Polaire, Hector, le majordome, vint la
prévenir de l'arrivée de sir Templar. Sans rien
trahir de la surprise qu'elle éprouvait, lady
Jane accueillit la nouvelle avec un sourire
enchanté, comme si elle s'attendait à l'apparition de ce convive impromptu qui n'avait
pas cru bon de répondre à son invitation.

Rappelant Hector, elle lui ordonna à mi-voix de faire ajouter un couvert à table entre Eleanor et le père de Philip. Elle punirait au moins l'impoli en lui infligeant des voisins de table assommants.

Hector n'obéit pas immédiatement, ce qui était anormal.

« Eh bien, insista lady Jane avec impatience, qu'attendez-vous ?

— Oui, madame, seulement…

— Seulement quoi, Hector ? »

Celui-ci se gratta la tête, craignant de paraître impertinent.

« Seulement, madame, cela fera treize convives à table. »

Voilà qui était embarrassant.

« Ajoutez plutôt deux couverts. Et déplacez sir Barrow afin qu'il prenne place aux côtés de Mrs. Parry. Vous laisserez libre la place en bout de table. »

Vint le temps de passer à la salle à manger, elle aussi décorée de sapin et de guirlandes dorées. La longue table de noyer était recouverte d'une nappe brodée sur laquelle étaient disposés les meilleurs couverts d'argent de la famille Franklin, des verres de cristal et le service Wedgwood que l'on gardait pour les grandes occasions. Chacun prit place, et lady Jane annonça, en désignant la chaise vide en bout de table, sous le portrait presque grandeur nature de sir John : « Mon cher époux et ceux qui l'accompagnent sont en pensée présents avec nous. Cette chaise vide rappelle le vide que leur départ a laissé dans nos cœurs. »

Ces dames poussèrent un soupir de sympathie attendrie et ces messieurs eurent un viril hochement de tête.

NOËL 1847

MENU

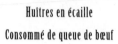

Huîtres en écaille

Consommé de queue de bœuf

Carpe farcie

Pintades fourrées aux trompettes de la mort

Casserole de ris de veau, sauce à la crème

Dinde rôtie farcie aux marrons, sauce aux airelles

Pommes de terre à la maître d'hôtel

Petits pois à la française

Fromages

Salade parisienne

Fruits

Biscuits

Meringues

Plum-pudding

Il s'avéra rapidement que la jeune Mrs. Ross ne mangeait pas de viande, comme son mari l'expliqua pour elle tandis que les domestiques disposaient au centre de la table des plateaux d'argent étagés où les huîtres crues dans leur coquille de nacre étaient arrangées en étoile sur des cristaux de glace, entourées de quartiers de citron.

« Mais, mon cher, lui répondit lady Jane comme si elle avait cru à une boutade de sa part, l'huître n'est pas une viande, que je sache. Votre charmante épouse peut donc en déguster sans crainte.

— C'est que, commença celle-ci d'une voix si basse que lady Jane dut lire sur ses lèvres les paroles qu'elle prononçait, je ne mange pas de poisson non plus.

— Que se passe-t-il ? » s'écria lady Barrow en constatant que quelque chose semblait faire obstacle au service. Elle était, comme son mari, affligée d'un assez grave problème d'audition.

« Mrs. Ross ne mange pas de poisson, l'informa obligeamment Mr. Gell.

— Pardon ? demanda-t-elle.

— MRS. ROSS NE MANGE PAS DE POISSON, répéta-t-il si haut qu'Eleanor, assise à ses côtés et qui avait raté le début de la discussion, sursauta et le regarda comme si elle craignait qu'il n'ait perdu la raison.

— Mais l'huître n'est pas un poisson, intervint sir Barrow qui, ayant compris, était heureux de pouvoir procéder à cette rectification taxinomique.

— Ann ne mange pas de crustacés non plus», commença Ross, puis, voyant que sir Barrow menaçait à nouveau d'intervenir : «Ni de mollusques. Ni, au fait, d'œufs ou de fro-mage. Rien qui soit animal ou qui provienne d'un animal», termina-t-il tandis que son épouse, muette et yeux baissés, rosissait à vue d'œil. «De la laine, par exemple», marmonna Sophia entre ses dents. Parry, assis à sa droite, se convainquit qu'il avait mal entendu.

Lady Jane, qui n'avait que très peu de patience pour ce genre de caprice, saisit le plateau le plus près d'elle et, échangeant un regard de connivence avec sa nièce, le tendit à la jeune femme en souriant :

«Alors, très chère, vous prendrez bien un quartier de citron?»

La très chère refusa poliment, mais consentit à goûter à la sauce aux airelles, après quoi elle accepta une portion minuscule de pommes de terre et quelques petits pois dont Sophia, assise non loin, estima le nombre à douze, avant de manger du bout des lèvres la moitié d'une orange dont elle détachait les segments un à un de ses longs doigts pâles alors que les autres invités en étaient aux fromages – cheddar, brie, morbier – et au porto. (Pour sa part, Mrs. Ross ne buvait que de l'eau, même si lady Jane l'avait assurée que les raisins qui entraient dans la composition des divers vins proposés étaient tous entièrement végétaux.)

Le plum-pudding avait, comme il se doit, passé les trois dernières semaines enveloppé dans un linge, suspendu dans un coin frais et bien aéré de la cuisine, où la cuisinière venait tous les jours le remuer et l'arroser d'une larme de brandy. On avait ajouté à la pâte l'anneau, la pièce de monnaie et le dé à coudre traditionnels (le premier assurant à qui le croquait un mariage au cours de l'année à venir, la seconde, la prospérité, et le dernier, une année de célibat – quoiqu'heureux). La lourde boule spongieuse et épicée avait ensuite été plongée dans un bouillon de bœuf gélatineux, où elle avait été laissée à bouillir quatre heures, puis avait été suspendue de nouveau pendant une semaine, au terme de laquelle on l'avait enfournée pendant six heures.

Les invités s'extasièrent poliment tandis qu'on apportait de la cuisine le pudding que l'on venait tout juste d'allumer, et dont la boule de feu dégageait des effluves de vanille, de girofle et d'orange auxquels se mêlait, discrète mais entêtante, comme le souvenir de l'odeur du suif.

Les carafes de sauternes apparurent sur la table en même temps que le spectaculaire dessert, que lady Jane tint à découper elle-même. Refusant du geste qu'on la serve, Mrs. Ross prit un pruneau, qu'elle se mit à peler avec soin. On avait à peine entamé le pudding quand Mrs. Gell émit un petit cri et, portant les doigts à sa bouche, produisit la pièce sur laquelle elle venait de mordre. Chacun la félicita de sa bonne fortune et elle rougit comme si on lui faisait compliment d'une habileté ou d'un talent particuliers dont elle eût pu s'enorgueillir.

Sophia devina bientôt sous sa dent la présence d'un objet dur qu'elle redoutait. C'était pourtant une affaire de rien : il suffisait de brandir le dé à coudre en souriant, et d'attendre que les quolibets, pas très redoutables, assurément, soient passés. Mais elle ne s'en sentait tout simplement pas le courage. Sans réfléchir, elle poussa de la langue le morceau de métal dans le fond de sa gorge et l'avala avec un raisin sec.

La conversation se poursuivit, un peu décousue ; Ross effleura la famine qui continuait de faire rage en Irlande, lady Jane tenta (en vain) d'intéresser Mrs. Parry à un curieux roman paru quelques mois plus tôt, œuvre d'un jeune auteur inconnu du nom d'Ellis Bell, et ces messieurs se félicitèrent de la victoire remportée par le Kent au croquet, à laquelle ils portèrent un toast réjoui.

À ce moment, Eleanor poussa une exclamation étouffée et sortit de sa bouche le dé à coudre, ce qui donna lieu à diverses remarques amusées :

« Eh bien, mon gars, ta belle aurait-elle des doutes ? s'exclama en riant le père du fiancé.

— Je vous demande pardon ? » demanda sir Barrow, mais, cette fois, personne ne lui répondit.

Stoïque, Sophia sourit en se demandant si, avalé par mégarde, l'anneau gardait son pouvoir de faiseur de mariages.

Quand ce qui restait du plum-pudding, tas brunâtre tiède et visqueux, fut rapporté à la cuisine, quand on eut sorti les carafes de cristal pour servir le cognac et les single malts, au moment où ces dames se retirent habituellement pour laisser leur époux fumer leurs cigares en paix, lady Jane passa à l'attaque.

«Je tiens à vous répéter à tous comme votre présence en ce jour m'est précieuse. Je vous remercie d'être venus égayer de votre compagnie le bien triste Noël d'une épouse inquiète...» commença-t-elle d'une voix tremblante, ce qui lui valut un regard interloqué d'Eleanor, peu habituée à entendre sa belle-mère emprunter ce ton larmoyant.

«... inquiète, vous le savez bien, car mon cher John est parti depuis presque trois ans maintenant, et nous n'avons encore reçu nulle nouvelle de son expédition. Or mon cœur se serre à la pensée qu'il puisse être en mauvaise position, attendant peut-être impatiemment des secours que nous ne songeons même pas à lui envoyer...»

Parry l'interrompit de cette voix posée que l'on emploie pour convaincre les agités de redescendre du toit où ils sont allés se percher, ou les persuader qu'ils ne sont pas l'objet d'un complot ourdi par des puissances étrangères: «Ma chère Jane, n'oubliez pas que vous parlez d'une expédition aux ressources sans précédent. S'il est déjà arrivé que des navires restent prisonniers des glaces arctiques, ils n'étaient pas aussi bien armés pour en affronter les rigueurs que l'*Erebus* et le *Terror*. En outre, sir John a une précieuse expérience du pays polaire, et il saura décider au mieux de la marche à suivre pour remplir sa mission sans danger pour lui et pour ses hommes. Il n'y a, croyez-moi, aucune raison de vous inquiéter. Sir Barrow, ajouta-t-il en levant son verre en direction du vieil homme qui, main en cornet, tentait de saisir ce que l'on disait à son sujet, a veillé à ce que l'on pare à toute éventualité.

— C'est bien vrai, renchérit Ross, jamais une expédition n'a été si abondamment pourvue, si efficacement équipée. Si vos craintes sont toutes naturelles de la part d'une épouse aimante, elles sont tout de même sans fondement, rassurez-vous. »

Sir Barrow avait levé son verre, croyant apparemment que l'on attendait de lui qu'il porte un toast ; voyant que personne ne l'imitait, il le reposa et se mit bientôt à dodeliner de la tête. Lady Jane, qui se serait attendue à davantage de la part de celui qui avait fait la pluie et le beau temps pendant près de quarante années à l'Amirauté, en profita néanmoins pour reprendre le contrôle de la situation :

« Il ne m'en apparaît pas moins des mieux avisé de commencer dès maintenant à préparer une ou plusieurs expéditions de sauvetage, dont nous n'aurons vraisemblablement jamais besoin, mais qui, le cas échéant, seront prêtes à partir au printemps. » Elle baissa les yeux, sa voix se transforma en murmure et, quand elle reprit la parole, elle regarda fixement la place laissée libre au bout de la table. «Savoir celui que l'on aime si loin, sentir qu'il nous appelle, qu'il réclame notre aide, et ne pouvoir rien faire, cela est terrible. Seule une épouse de marin peut comprendre ce sentiment qui vous habite, cette mysté - rieuse communication que l'on entretient, malgré la distance, avec celui qui est parti en mer… »

Comme elle l'avait espéré, la jeune Mrs. Ross éclata en sanglots à ces paroles. Elle qui avait fait jurer à son fiancé qu'il n'ac - cepterait plus jamais le commandement de périlleuses expéditions – quand on lui avait proposé de diriger celle-là même que l'on avait fini par confier à Franklin –, elle se voyait seule, inquiète, tourmentée, malheureuse, et ne pouvait contenir son chagrin imaginé.

«Oh! s'écria-t-elle, et pour la première fois Sophia put entendre le timbre de sa voix, qui, elle dut l'admettre, n'était pas désagréable, James, vous devez faire quelque chose!»

Lady Jane se cala dans sa chaise.

PLUM-PUDDING

Ingrédients :

9 onces de raisins de Corinthe
9 onces de raisins de Smyrne
2 cuillerées à table de zeste de citron confit
2 cuillerées à table de zeste de
pamplemousse confit
4 cuillerées à table de zeste d'orange confit
4 cuillerées à table de citron confit
9 onces de cerises confites
9 onces de canneberges confites
4 onces d'amandes blanchies
18 onces de suif en petits morceaux
8 onces de chapelure de pain de seigle
4 onces de sucre brun
½ cuillerée à table de cannelle en poudre
½ cuillerée à table de muscade
½ cuillerée à table de gingembre
½ cuillerée à table de clou de girofle
1 pincée de sel
4 tasses de rhum
1 tasse de lait
2 cuillerées à table de beurre
6 gros œufs légèrement battus
4 onces de farine
2 cuillerées à thé de poudre à pâte

Beurre au brandy
9 onces de beurre non salé
2 onces de brandy
Zeste d'une orange

Hacher finement raisins, cerises, fruits et zeste confits ; arroser de 4 tasses de rhum et laisser reposer 48 heures. Égoutter et réserver le rhum.

Combiner tous les ingrédients à l'exception des œufs. Ajouter ¾ de tasse du rhum réservé et le jus d'une orange et d'un citron. Couvrir le bol de coton-fromage imbibé de rhum et laisser reposer 21 jours. Mélanger la pâte une fois par jour en ajoutant un peu de rhum au besoin pour que le mélange demeure bien détendu.

Si la pâte devient trop ferme, l'éclaircir à l'aide d'un verre d'ale ; si elle est trop liquide, y incorporer un peu de farine et remuer doucement.

Déposer dans un moule à pudding une grande pièce de coton-fromage dont les deux côtés ont préalablement été beurrés et farinés. Ajouter les œufs à la pâte. Verser le mélange dans le moule et replier les quatre coins du coton sur la pâte. Déposer un morceau de papier parchemin et couvrir.

Mettre le pudding au four dans un plat à demi rempli d'eau. Cuire à feu très doux pendant 6 heures en vérifiant le niveau d'eau de temps à autre.

Retirer le pudding du plat et laisser refroidir.

Couvrir d'un coton et d'un papier parchemin propres et laisser mûrir au frais pendant au moins un mois. (Le pudding n'en sera que meilleur s'il vieillit plus longtemps.)

Le jour de Noël, remettre le pudding au four pendant 3 ou 4 heures. Démouler.

Flamber au brandy ou au cognac, et servir accompagné de beurre au brandy.

1er janvier 1848

Triste, triste célébration du nouvel an que celle qui a vu l'arrivée de l'année 1848 sur le *Terror*. Tous autour de la table s'efforçaient de leur mieux d'avoir l'air joyeux, mais les visages étaient sinistres. On a comme il se doit multiplié les toasts, à l'année qui s'achève, à celle qui s'annonce, à la découverte que nous ne manquerons pas d'y faire, à l'Angleterre que nous avons quittée pour en étendre l'emprise par-delà les mers et de laquelle il me semble que nous rêvons désormais comme d'autres avant nous ont rêvé de l'Eldorado ou du pays de cocagne. Je sais bien, en regardant les sourires forcés de Fitzjames, de Little et de Gore, qu'ils partagent mon malaise, que pressentent jusqu'aux stewards aux gestes d'automate nerveux et maladroits. Peut-être ont-ils perdu l'habitude de servir un repas de fête.

On a ouvert, avec mille cérémonies, les dernières verrines de rillettes et de pâté d'oie, mais ces gourmandises avaient un goût de cendre dans ma bouche, et j'ai dû me forcer à les avaler comme s'il s'agissait d'une méde-cine amère. Ces douceurs font par trop pen-ser au dernier repas du condamné pour que quiconque dans le mess des officiers ait pu les goûter avec plaisir.

Je n'ai pu me résoudre à me lancer dans un laïus tel qu'en faisait volontiers sir John dans les grandes occasions, ne me sentant ni le courage ni la lâcheté nécessaires pour mentir à ces hommes dont je partage l'existence depuis bientôt trois ans. À minuit, je me suis borné à lever mon verre et à boire à leur santé.

Quoi qu'il arrive, notre dernière année dans l'Arctique a pris fin hier soir. Chacun sait sans le dire que nous n'avons plus suffi - samment de vivres et de charbon pour nous permettre de survivre un an de plus parmi les glaces qui ne desserrent pas leur étreinte.

Seul dans la bibliothèque du *Terror* où il aimait à se réfugier quand il avait besoin de réfléchir, Crozier marchait de long en large, à longs pas nerveux, sans arriver à autre chose qu'à retourner dans son esprit les deux seules options à l'issue également incertaine : abandonner la relative sécurité des vaisseaux pour entreprendre à pied, dans le froid et la neige, une expédition de milliers de kilomètres (et encore faudrait-il décider dans ce cas de la meilleure direction à prendre, ce qui posait un nouveau dilemme) ou risquer de demeurer prisonnier des deux navires qui ne réussiraient peut-être pas à échapper à la glace à l'été (et même s'ils y arrivaient, les provisions seraient alors cruellement comptées, et rien ne permettait de garantir qu'on pourrait les étirer jusqu'au retour en Angleterre). La pièce étant minuscule, il suffisait de trois pas pour la traverser, et Crozier tournait comme un ours en cage.

Il s'arrêta et resta un instant les bras ballants, puis vida une caisse complète de livres sans savoir ce qu'il espérait y trouver. Quand il était enfant, sa grand-mère avait l'habitude, chaque matin, d'ouvrir la Bible au hasard, de poser le doigt à l'aveuglette sur une page et de lire à voix haute le verset ainsi désigné, dont elle jurait que l'enseignement devait lui être précieux pour la journée à venir. Émerveillé par cette occasion inattendue de puiser à même la source divine une sagesse quasi surnaturelle, le petit Francis avait parfois tenté de l'imiter, mais il n'avait jamais obtenu que des résultats sibyllins, voire incompréhensibles, quand ils ne se révélaient pas platement anodins.

« *Par l'entrée qui est du côté de la porte, il me fit pénétrer vers les salles saintes, tournées vers le nord et destinées aux prêtres.* »

« *Tu couronnes tes bienfaits de l'année et sur ton passage la fertilité ruisselle.* »

« *Voici ce qui arriva après ces événements.* »

Il avait bientôt tourné son attention vers les quelques livres de science que possédait son oncle, féru de géographie et de champignons, volumes qui, eux, contenaient des images.

Dans la pénombre du ventre du *Terror* où flottait une odeur de charbon, d'humidité et de papier moisissant, Crozier prenait un à un les livres, les déposait distraitement autour de lui en éventail. *Le Vicaire de Wakefield,* qui lui avait toujours semblé une lecture destinée au sexe faible. Shakespeare. Les *Sonnets, Othello, Le Roi Lear.* Newton. Un recueil de poèmes français. Un ouvrage de botanique. Un lourd dictionnaire étymologique à la reliure de cuir brune qui tomba, ouvert, quand Crozier voulut le poser sur une pile instable. Reprenant le volume, ses yeux tombèrent sur l'entrée « thé ».

D'abord tay *(1652), puis* thé *(1657) d'après le latin moderne ; est emprunté au malais* teh, te *ou au mot* t'e *de dialectes chinois méridionaux par le néerlandais. La plante est originaire d'Asie et la botanique et la médecine chinoises en font remonter l'usage au* IIIe *millénaire avant l'ère chrétienne, sous le règne de Shennong, empereur mythique. Désignée sous divers noms chinois, elle était réputée soulager les fatigues, fortifier la volonté et aiguiser la vue. Au* V^e *ou au* IVe *siècle av. J.-C., elle se répandit dans la vallée du Yangzi et dans le sud de la Chine, et l'on commença à la représenter par l'idéogramme actuel (茶) dont la transcription est* cha, *sans doute dérivé du caractère classique* tu. *En Occident, le mot est mentionné plusieurs fois (en 851 en arabe, par le commerçant Soliman) avant que la plante ne soit importée en Europe en 1606 par la Compagnie néerlandaise des Indes orientales fondée quatre ans plus tôt. Plusieurs langues ont emprunté au chinois classique* cha *le nom par lequel elles désignent le thé, parmi lesquelles le portugais* (cha), *le russe* (tchaï), *le turc et le persan. La pluralité des voies commerciales explique qu'on ne puisse trancher entre l'étymon chinois et malais.*

Il relut ces dernières phrases, incrédule, puis éclata de rire. Il sentit que les larmes lui montaient aux yeux, coulaient sur ses joues, mouillaient son visage entier de leur eau amère. Cette histoire de T tracé sur les caisses était de la foutaise, il le savait bien... Et maintenant, il était trop tard.

Pris d'une sorte de frénésie, il saisit les livres qu'il avait disposés autour de lui et se mit à les écumer méthodiquement, avec une rage contenue, tournant les pages par chapitres entiers, secouant les volumes comme pour en faire tomber il ne savait quoi, allant jusqu'à frapper la tranche par terre quand, après ce violent examen, le volume n'avait laissé échapper aucun secret.

Puis ils restèrent là, les livres et le commandant, hirsutes, meurtris, désespérément muets.

Les lourds rideaux de velours cramoisis avaient été tirés et il régnait dans le petit boudoir une pénombre semblable à celle qui baigne les nefs des églises. Des bougies allumées dans tous les coins jetaient sur les murs couverts de papier à fleurs des ombres difformes. Ces dames, au nombre de huit, parmi lesquelles lady Jane et Sophia ne connaissaient que la maîtresse de maison et la sœur de celle-ci, parlaient avec des voix étouffées et avaient de petits rires vite réprimés, comme des pensionnaires excitées avant la distribution des prix. Une table ronde installée pour l'occasion au milieu de la pièce, recouverte d'une nappe sombre qui tombait jusqu'à terre en formant des plis épais, était entourée de onze chaises à dos droit.

Sans les présenter à ses autres invitées, qui par ailleurs ne semblaient pas toutes se connaître non plus, Mrs. Parry invita du geste Jane et Sophia à prendre un siège. Elles s'assirent côte à côte, bientôt imitées par les autres femmes dont l'âge allait d'une vingtaine d'années pour la cadette (une longue jeune fille blonde et pâle) à la cinquantaine avancée (une matrone à la chevelure presque blanche et à la large poitrine). Le silence se fit autour de la table tandis que Mrs. Parry allait chercher miss Ellen Dawson, médium de son état. Petite, potelée, celle-ci avait des gestes gracieux et un visage à l'arrondi agréable, dont on ne pouvait cependant distinguer les traits, dissimulés par une voilette noire qui masquait jusqu'à son menton, accessoire qui l'aidait, affirmait-elle, à faire abstraction de ce qui l'entourait pour mieux se concentrer sur les messages qui lui parviendraient de l'au-delà. Quand elle prit la parole, il s'avéra qu'elle avait un accent impossible à identifier, qui mêlait la musicalité de quelque mystérieuse langue slave aux voyelles nasillardes du plus pur cockney.

« Prenez les mains de vos voisines, dit-elle en roulant légèrement les *r*, et fermez les yeux. »

Neuf paires de paupières se baissèrent sur-le-champ. Miss Dawson détailla avec attention chacune des dames assises autour de la table, plongeant son regard quand vint son tour dans celui de lady Jane qui l'observait aussi.

« Très bien, je crois que cette dame a une question pour moi », fit-elle en désignant lady Jane, qui demeura muette.

Si cette miss Dawson savait entendre la voix des trépassés et interpréter le discours des morts pour le bénéfice des vivants, elle devait forcément être à même d'entendre la question qui hantait lady Jane, assise juste en face d'elle, sans que celle-ci ait besoin de la prononcer à voix haute.

« Moi, j'ai une question, intervint – fort im poliment, se dirent lady Jane et Sophia, qui eurent un même pincement de lèvres – une petite dame rousse. Je voudrais savoir si Jo séphine est heureuse là où elle est. S'il vous plaît, miss Dawson… »

Miss Dawson lâcha les mains de ses voisines et leva les bras au ciel en même temps qu'elle penchait la tête vers l'arrière. Son corps se raidit, puis elle laissa retomber les bras et annonça d'une voix changée : « Oui, elle est en paix… Elle a un message pour vous : elle vous pardonne. Elle vous a déjà pardonné depuis longtemps. » À ces mots, la dame rousse ne put réprimer un sanglot. Elle lança un regard expressif à sa voisine, laquelle savait apparemment qui était Joséphine et pourquoi il y avait matière à pardon, puisqu'elle murmura : « C'est prodigieux… »

Miss Dawson considéra un instant cette voisine, puis reporta son regard sur lady Jane : « Ce n'est pas d'un mort que vous souhaitez avoir des nouvelles. Celui à qui vous voulez parler est vivant, dans un pays de froid et de ténèbres.

— Est-il sain et sauf ? ne put s'empêcher de s'écrier lady Franklin.

— Je ne saurais le dire. Les images qui me parviennent sont floues et troubles. Je vois de l'eau, des pierres. Je vois un homme puissant, et un drapeau. Tout est blanc, voilé… »

Sa voix déclina, et elle se tourna vers Sophia, assise, haletante, au bord de sa chaise : « Vous avez déjà eu la réponse à votre question, mais vous avez refusé de l'entendre. »

Miss Dawson se détendit tout à coup et resta prostrée au-dessus de la table. Mrs. Parry dut presque la porter pour la faire sortir de la pièce. Ces dames se levèrent, ébranlées, mais pour la plupart déçues car elles n'avaient pas eu le temps d'interroger leurs morts à elles.

On ouvrit les rideaux et un jour timide vint éclairer les visages blêmes. Ce qui avait commencé comme un innocent divertissement, une curiosité, s'était transformé en exercice troublant et plutôt éprouvant. Lady Jane sortit précipitamment, laissant son châle sur le dossier de sa chaise. Quand Sophia revint le chercher, miss Dawson l'appela du geste, lui faisant signe d'entrer dans la petite pièce où elle s'était attablée devant un plateau couvert de fromages et de pâtés. Elle mâcha pendant quelques secondes, déglutit, puis déclara presque distraitement : « Si vous placez tous les soirs un miroir sous votre oreiller, le quatorzième jour vous y verrez celui qui doit être votre mari », après quoi elle prit une longue lampée de vin et se cala dans son fauteuil.

Dans le petit salon, la dame rousse cependant reniflait toujours : « Je suis si soulagée d'apprendre que Joséphine est heureuse. Quand le carrosse lui est passé dessus, le mois dernier, je me suis dit que je ne me le pardonnerais jamais. Mais elle adorait se mettre en travers du chemin des chevaux, et essayer de leur mordre les jambes… » Sa voix se brisa et son amie lui entoura les épaules de son bras pour la réconforter.

Le miroir faisait sous son oreiller une bosse dure qui l'empêchait absolument de dormir. Elle avait d'abord tenté de l'envelopper dans une écharpe de cachemire, mais la bosse, pour en être moins dure, s'en était trouvée augmentée en volume, et Sophia était toujours aussi incapable de trouver le sommeil.

Démaillotant l'objet, elle avait ensuite entre - pris de le glisser imperceptiblement de côté jusqu'à ce que sa présence ne la gêne plus. Elle s'était réveillée au matin pour découvrir que la glace ne se trouvait plus sous son oreiller, mais bien sous l'oreiller voisin – ce qui, à n'en pas douter, avait eu pour résultat d'invalider les deux précédentes nuits de torture. Il lui fallait recommencer à compter à partir de zéro.

Au cours des nuits suivantes, elle s'efforça de son mieux de simplement ignorer la chose, pour finir par s'endormir, épuisée, aux premières lueurs de l'aube. Puis elle dé-plaça le miroir de manière à ce qu'il occupe le moins d'espace possible sous sa nuque sensible, se trouvant ce faisant à en exposer la glace, dans laquelle elle aperçut, en se ré-veillant au milieu de la nuit, une forme floue qu'elle crut être un spectre avant de se ren-dre compte qu'il s'agissait de sa propre sil-houette, et de se retourner rageusement vers le mur. Elle chercha alors un miroir plus petit et moins encombrant dans sa coiffeuse dont elle mit le contenu des tiroirs sens dessus dessous – en pure perte, si ce n'est qu'elle retrouva une épingle à chapeau ornée d'une libellule d'argent qu'elle croyait avoir perdue.

Finalement, essayant de louvoyer, elle pla - ça la glace sous son oreiller mais dormit, elle, la tête posée sur l'oreiller voisin, stratagème qu'elle regretta au matin, craignant qu'il ne l'oblige de nouveau à recommencer à comp-ter les jours à partir de zéro.

Après quelques semaines de ce régime intermittent, excédée, Sophia résolut de se débarrasser une fois pour toutes de l'objet et de chasser de son esprit miss Dawson et ses visions. Sa chambre était plongée dans une pénombre bleutée, la maison dormait, silencieuse. Elle empoigna le manche d'argent du miroir qui dépassait de sous son oreiller et se leva en le tenant à bout de bras comme s'il se fût agi d'un animal dangereux. Voulant le déposer sur sa coiffeuse, elle renversa un chandelier, lequel entraîna dans sa chute une brosse et une boîte d'ébène dans laquelle elle gardait des coquillages et des cailloux ramassés lors de ses voyages. Le tout alla s'abîmer sur le sol dans un fracas de verre brisé. Sophia se pencha au-dessus du dégât pour découvrir, au milieu des conques et des agates qui brillaient faiblement à la lueur de la lune, cent éclats argentés qui réfléchissaient chacun un fragment de ce qui l'entourait et dans lesquels elle reconnaissait, morcelés, les fleurs du papier peint dont étaient tendus les murs de la chambre, la patte incurvée de la coiffeuse, les branches du chandelier, la lune découpée en quatre par les carreaux de la croisée et un pan de ciel constellé d'étoiles. Elle prit soigneusement ce dernier tesson entre le pouce et l'index, se fit au doigt une coupure à laquelle elle ne prit pas garde, et s'endormit enfin en serrant dans son poing l'éclat de glace tandis que son oreiller se tachait d'une goutte de sang.

La question était au centre de toutes les conversations, entre le plus jeune des matelots et son voisin de hamac comme à la table du capitaine où désormais on n'ouvrait plus de bouteilles de vin à dîner que le samedi : quand et comment sortirait-on de la glace ? Pourtant, personne n'osait aborder la question sous-jacente, réel objet des préoccupations de tous, que Crozier formula à haute voix la première fois le 9 février 1848 : sortirait-on même de la glace ? Après un an et demi, un printemps et un été désespérants, où le piège blanc qui s'était refermé autour du *Terror* et de l'*Erebus* n'avait pas relâché son emprise, il fallait, dit-il tranquillement à Fitzjames occupé à faire le point pour une millième fois – car les navires se déplaçaient vers l'est, imperceptiblement, au gré des glaces soumises à de mystérieux courants –, il fallait considérer la possibilité que la banquise au large de King William's Land ne cède jamais. Fitzjames leva les yeux et répondit quasi mécaniquement, comme s'il avait eu l'occasion de répéter maintes fois la phrase qu'il prononça : «Crozier, si nous sommes arrivés en naviguant, le bon sens veut que nous puissions partir de la même manière.

— Je ne crois pas que la glace de l'Arctique se soucie autant que nous de bon sens, James. Et si cette baie s'était retrouvée sans glace à l'été 1846 pour la première fois en mille ans? Et s'il fallait attendre encore mille ans avant d'y retrouver des eaux libres?

— C'est ce que tu penses? Que les choses arrivent ici une fois tous les mille ans plutôt que de se répéter de toute éternité?»

Il y avait quelque chose de réconfortant dans ces mots: de toute éternité, une qualité presque religieuse, rassérénante. Crozier soupira. Maintenant qu'il avait exprimé tout haut la crainte que chacun nourrissait en secret, il savait qu'il ne pourrait plus l'ignorer et qu'il lui faudrait agir.

«Je crois qu'il est maintenant temps d'étudier les diverses options qui s'offrent à nous, dit-il.

— C'est une excellente idée. J'ignorais que nous avions des options», rétorqua sèchement Fitzjames. Il s'affaira quelques instants à régler son sextant qui n'en avait nul besoin et reprit, d'un ton moins abrupt: «Très bien, Francis, si tu crois que nous en sommes là, soulevons la question devant les officiers, tu pourras entendre l'avis de chacun et ensuite en faire à ta tête, comme tu l'as toujours fait.»

Crozier eut un faible sourire et se sentit presque chanceler. Il lui semblait qu'un terrible fardeau venait de s'abattre sur ses épaules, qu'il lui faudrait maintenant porter jusqu'à la mort.

24 février 1848

J'ai rassemblé hier les officiers des deux navires dans le mess du *Terror* et leur ai exposé la situation qu'ils pressentaient confusément depuis des semaines, depuis que l'on a complètement cessé de cuire le pain et que même le biscuit de mer grouillant d'asticots est devenu un luxe rare.

Les visages qui m'entouraient étaient graves. Joues creusées, yeux brillants, mains tremblantes, les hommes semblaient habiter des corps de vieillards.

« Nous ne pouvons plus rester ici, ai-je simplement dit. Comme la plupart d'entre vous le savent déjà, nous n'avons plus suffisamment de charbon pour tenir un autre hiver, ni même un autre automne, et il nous reste tout au plus pour quelques mois de provisions. Il faut quitter les navires et nous mettre en marche. »

Le silence a accueilli mes paroles. Tous avaient les yeux fixés sur moi, mais j'ignore si la majorité me voyait. Puis DesVœux a demandé, d'une curieuse voix perçante : « Mais où voulez-vous que nous allions au beau milieu de ce satané continent de neige ? »

Je lui ai rappelé que nous avions, Parry et moi, laissé des provisions en abondance vingt ans plus tôt dans le Prince Regent Inlet, où nous avions enfoui dans des caches la presque totalité des réserves du *Fury,* trop endommagé pour reprendre la mer. De là, il serait sans doute possible de remonter vers le nord jusqu'au détroit de Lancaster, où les navires sont relativement nombreux. J'ai senti une imperceptible détente parmi les hommes.

DesVœux a ricané, et m'a demandé si je n'avais pas entendu les rumeurs, peu avant notre départ, voulant que ces caches aient été pillées ou soient sur le point de l'être par des baleiniers sans scrupules. Bien sûr, ces bruits m'étaient parvenus, comme d'autres, voulant qu'on ait découvert non loin une cité esquimaude comptant des palais de glace brillant au soleil, et faisant état de la présence dans ces eaux de baleines douées de parole, de même que de l'existence d'îles où les oiseaux chantaient des cantiques en latin. Histoires de matelots désœuvrés, tout cela, comme j'ai essayé de le lui expliquer, mais déjà son agitation l'avait repris et gagnait les autres, qui se sont mis à émettre chacun son avis à voix haute, bien déterminés à se faire entendre au milieu d'une cacophonie croissante.

J'ai ordonné le silence. Tous se sont tus et m'ont regardé. J'ai de nouveau cédé la parole à DesVœux : « Et si nous partions plutôt vers l'ouest ? L'embouchure de la Great Fish River n'est guère plus éloignée que le dépôt de provisions et, contrairement à ce dernier, on sait qu'on la retrouvera intacte là où elle a toujours été. »

Quelques rires nerveux ont salué ce dernier commentaire. Il n'avait pas tort, cependant. Le trajet menant à l'embouchure de la rivière n'était pas plus long que celui conduisant à Prince Regent Inlet. Une fois la rivière atteinte, toutefois, on était encore cruellement loin du but, comme l'a souligné Fitzjames :

« Et vous proposez que nous traînions avec nous le *Terror* ou l'*Erebus* pour ensuite naviguer les quelque sept cents milles qui nous sépareraient encore de Fort Resolution ou de Fort Providence ? »

DesVœux a haussé les épaules :

« Bien sûr que non. Il suffit de tirer derrière nous une huitaine de chaloupes, qui nous serviront en outre à transporter les provisions et le matériel nécessaire à l'expédition. N'est-ce pas là ce que font ces Esquimaux dont vous nous avez si fort loué les mérites et l'ingéniosité ?

— Si fait, suis-je intervenu, sauf qu'ils ne traînent pas des bateaux de bois plus lourds qu'eux et que, si vous vous souvenez bien, ce ne sont pas eux qui y sont attelés, mais leurs chiens. »

Little, qui jusque-là était resté muet, a de - mandé pourquoi nous n'essaierions pas de nous assurer les services de ces Esquimaux qui connaissent sans doute mieux que nous le territoire qu'il nous faudra traverser, et dont justement les chiens et les traîneaux pourraient nous être fort utiles. En outre, a-t-il ajouté, ils pourraient sans doute, pour peu qu'on leur fournisse les armes nécessaires, abattre quelque gibier dont eux seuls connaissent l'existence, nous permettant ainsi de faire durer ce qui nous restait de provisions. Je lui ai rappelé que les Esquimaux avaient coutume de se déplacer en groupes réduits, et qu'il serait étonnant que quatre ou cinq d'entre eux, fussent-ils équipés de fusils, puissent nourrir une équipée de plus d'une centaine d'hommes.

DesVœux a de nouveau haussé les épaules, et n'a rien répondu. La plupart des hommes avaient les yeux baissés pour éviter d'avoir à croiser mon regard. Revenant à la question de savoir s'il valait mieux se mettre en marche vers l'ouest ou vers l'est, Fitzjames a concédé que le territoire entourant l'embouchure de la Great Fish River était reconnu pour être remarquablement giboyeux et abriter quantité de bêtes à cornes et des oiseaux en grand nombre, alors que la côte près de Prince Regent Inlet risquait fort, à ce moment de l'année, d'être désolée et déserte, observation que je m'étais déjà faite, et qui ne faisait que rendre la difficile décision plus impossible encore. Je me suis rappelé ces jeux d'enfants où l'on demande, le plus sérieusement du monde, si l'on préférerait perdre un bras ou une jambe, et il me semble qu'on exige aujourd'hui une réponse à semblable question, si ce n'est que, une fois la réponse donnée, je ne repartirai pas chasser le pigeon avec d'autres garnements de mon espèce, mais qu'un couperet s'abattra bel et bien, sans que je puisse dire sur qui ou sur quoi.

Ma vie n'a plus tant d'importance, mais de moi dépendent cent autres vies. Je me prends lâchement à regretter sir John, non pas que je croie qu'il saurait prendre une décision plus éclairée, mais parce qu'il me délivrerait d'un poids dont je ne peux me défaire.

27 février 1848

Il fait désormais presque aussi froid sur les bateaux que sur la banquise, les flancs de bois des navires protégeant bien imparfaitement du vent qui souffle ici sur des centaines de milles sans rencontrer d'obstacles, et qui, en s'immisçant dans les fissures les plus infimes, émet un sifflement lugubre qui ressemble au souffle d'une bête à l'agonie. On n'opère plus les chaudières que deux heures par jour, et nous rassemblons dès le matin les hommes dans l'entrepont où la température grimpe de quelques degrés, comme en Angleterre les étables et les porcheries restent tièdes grâce aux animaux qui y sont entassés. Les hommes passent la journée entière emmitouflés sous des couches et des couches de laine, on n'aperçoit presque plus rien des uniformes sous les foulards, les gants et les bonnets. À l'heure des repas, cela donne lieu dans le mess des officiers à des scènes étranges, comme sorties tout droit d'un rêve, quand ces silhouettes recouvertes de laine, bardées de cuir, aux gestes gauches et à la démarche gênée par les épaisseurs de vêtements, portent le plus sérieusement du monde des plateaux d'argent contenant un brouet brunâtre et malodorant dont même Neptune n'aurait pas voulu l'an passé. On dirait l'équipage de quelque navire fantôme.

Peddie et MacDonald ne suffisent pas à soigner les gerçures, engelures et autres blessures causées par le froid pour lesquelles il existe, hélas, bien peu de remèdes. L'on fait tout pour limiter l'exposition aux éléments, on recommande aux membres d'équipage de se frictionner régulièrement les mains, les pieds, voire le visage, mais plusieurs sont trop heureux de cesser de souffrir dans leurs extrémités gelées et préfèrent perdre quelques orteils plutôt que de sentir le mal s'y réveiller.

J'ai pensé ce soir ordonner une distribution supplémentaire de rhum après le souper mais, me ravisant, j'ai plutôt demandé à Peddie de sortir quelques volumes de ce monumental herbier auquel il travaille presque depuis notre départ. Les hommes se sont avidement partagé les cahiers dans lesquels ils se sont plongés avec le même abandon joyeux que s'ils partaient pour une vraie promenade dans les champs. Tâtant avec précaution de leurs doigts engourdis les délicats contours des fleurs fixées sur le papier, ils semblaient presque avoir miraculeusement retrouvé une parcelle d'été au milieu de cet hiver qui a tout envahi.

28 février 1848

J'ai quitté le *Terror* seul cet après-midi et me suis mis en marche vers l'ouest, où doit se trouver ce mythique passage dont je crains que nous ne le franchirons jamais vifs. Quelques hommes étaient dehors, en train de tirer de l'eau de trous ménagés dans la glace. Ils m'ont salué, et je ne leur ai pas répondu. J'ai marché des heures sous le soleil blanc, obéissant à la curieuse détermination qui s'était emparée de moi. La neige sur la banquise formait des lames et des vagues semblables à celles dont la mer est agitée, à cette différence près que sur terre elles sont d'une immobilité minérale, comme le daguerréotype de vagues liquides, leur copie privée de mouvement, que l'on dirait morte. Il n'y avait d'autre bruit que le son du vent sur la plaine et le crissement de mes bottes sur la neige dure.

Au bout de quelques heures, j'ai aperçu des traces laissées par des Esquimaux, que nous avions crus disparus en quelque autre territoire, car il y a plus de deux mois qu'ils ont cessé de nous rendre visite. Ainsi, ils demeurent tout près, mais invisibles. À ce moment, je me suis pris à imaginer que ces habitants des contrées polaires et ce monsieur de Bergerac français qui écrit des romans partagent une science qui nous est inconnue et qui nous permettrait, si nous la maîtrisions, de nous échapper par les airs, grâce à la condensation de toute l'eau qui nous entoure, que sais-je, et dont nous sommes imbibés jusqu'au trognon, ou par la grâce de quelque prodige mécanique. Pendant un bref instant, je me suis représenté le *Terror* et l'*Erebus* déployer leur immense mâture et se mettre à battre des ailes pour s'élever tranquillement au-dessus de l'eau tels deux grands oiseaux paresseux. Levant les yeux, il m'a semblé apercevoir des taches indistinctes dans le ciel pourtant uni, qui demeuraient toujours en périphérie de mon regard et s'évanouissaient dès que j'essayais de les regarder en face. Ce phénomène n'a rien d'inédit ; il est à mettre, comme tant d'autres, au compte de la cécité des neiges qui frappe les yeux trop usés par la lumière du jour se réfléchissant sur le blanc de la glace.

Le soleil a baissé jusqu'à toucher la terre, et le ciel s'est brièvement empli des couleurs de l'arc-en-ciel. L'énorme boule de feu a basculé par-dessus l'horizon dans des replis rouges et orange tandis que plus haut les nuages ourlés de dorures se teintaient de pourpre, de bleu, de vert. J'ai été curieusement ému de ce spectacle auquel j'avais l'impression d'assister presque en voyeur, peut-être parce que j'étais seul à le contempler.

L'astre a disparu et j'ai tourné les talons pour rentrer. Pour dire le vrai, j'ignore ce que j'allais chercher au cours de cette longue marche, et je ne saurais dire si j'ai cru l'avoir trouvé ou me suis résigné à ne point le découvrir, mais je suis revenu habité d'une sorte de sentiment de paix qui a peut-être davantage à voir avec la fatalité. Sans doute l'homme qui n'a plus rien à perdre et qui le sait est-il infiniment plus libre que celui qui craint à tout moment de voir son bonheur, sa richesse, sa vie lui échapper.

Étrangement, elle qui avait toujours adoré les bals – au point de se faire conduire, un soir, chez les Gramecy, qui tenaient une réception dont les préparatifs défrayaient la manchette depuis des semaines, alors qu'elle était fiévreuse et avait du mal à tenir debout – n'était pas, à la pensée de la soirée annuelle de Mrs. Rimple, remplie du même sentiment de joyeuse expectative qu'à l'habitude.

Alors que ces soirées lui avaient toujours semblé le fin du fin en matière de divertisse-ment, elle s'était prise, la semaine précédente, à *bâiller* au beau milieu de la salle de bal des Carleton où, flûte à la main, elle écoutait dis-serter un jeune capitaine qui, pour n'avoir jamais vu un champ de bataille, n'en possé-dait pas moins une impressionnante collec-tion d'histoires de guerre à raconter, les-quelles avaient en commun de faire valoir un courage qu'il aurait certainement l'occasion de mettre bientôt à l'épreuve contre l'enne-mi. De quel ennemi il était question, Sophia ne le savait pas trop, et n'avait pas ressenti le besoin de questionner le jeune homme, le-quel avait continué son récit, imperturbable. Celui-ci n'était certes pas des plus passion-nants, mais en temps normal elle n'en aurait eu cure, et se serait laissé bercer par la musi-que et le murmure des conversations tout en contemplant le spectacle des toilettes et des coiffures, les couples dansants qui se fai-saient et se défaisaient sous les cristaux et les

dorures qui donnaient de leur éclat à ces soirées enchantées. Or voilà qu'elle avait bâillé.
Il est vrai qu'elle éprouvait depuis quelques
mois des difficultés à dormir, mais cela était
tout de même prodigieux. Était-il possible
qu'elle ne trouvât plus autant de plaisir à la
compagnie de jeunes gens brillants, élégam-
ment mis, aux manières exquises? Était-elle
malade?

Lady Jane et Sophia firent leur arrivée chez
Mrs. Rimple alors que la majorité des invités
étaient déjà là depuis quelque temps. Des
mèches folles s'échappaient de la coiffure
des jeunes filles aux joues rosies par l'anima-
tion. Les dames d'âge mûr s'éventaient éner-
giquement, tandis que les messieurs, jeunes
et vieux, se promenaient parmi les crinolines
en distribuant de-ci de-là des regards ap-
puyés. Du haut de l'escalier qui dominait la
salle de bal, Sophia eut en un éclair la vision
d'une basse-cour caquetante. Elle réprima un
rire nerveux.

Lady Jane se trouva rapidement happée
par des connaissances qui souhaitaient tout
savoir de l'expédition polaire, de ses découvertes et de sa date probable de retour, et,
comme à son habitude, elle s'efforça de se
faire la digne porte-parole de son héroïque
époux. Sophia s'éloigna, traversa distraitement la foule pour déboucher dans une pièce
de dimensions plus modestes, moins bon-
dée, où de petits groupes discutaient. Elle y
trouva Amélia près d'un joli piano-forte, occupée à résister coquettement aux supplica-

tions d'un jeune homme qui, à l'en croire, ne s'était rendu ce soir-là chez Mrs. Rimple que pour le plaisir d'entendre sa voix. Prenant Sophia à témoin qu'il y avait *des siècles* qu'elle n'avait pas touché à l'instrument, elle s'assit sur le banc et laissa courir ses doigts sur le clavier d'ivoire et d'ébène. S'éleva une curieuse musique à la fois fluide et hachée, où l'on distinguait d'abord chaque note seule et isolément avant que de percevoir l'ensemble dans lequel elle s'inscrivait, où deux voix semblaient tout à la fois se répondre et se dérober l'une à l'autre. Sophia s'immobilisa pour mieux écouter cette étrange mélodie qu'il lui semblait entendre pour la première fois.

Tandis que se développaient les premières mesures, Sophia, fascinée, saisit obscurément que les deux lignes mélodiques qui en formaient le contrepoint ne se répondaient pas, mais, semblables et distinctes, s'ignoraient mutuellement, et que c'était au cœur de cette distance irréductible, jamais comblée, que venait se loger le clair mystère de la musique de Bach. Les deux mélodies se déployaient, isolées, droites parallèles dont le destin était de ne jamais se rencontrer mais de se révéler l'une l'autre par leurs dissemblances, leurs écarts et leurs furtives résonances.

Das Wohltemperierte Klavier

Praeludium I

Elle devina la présence de Mathieu de Longchamp sans avoir à se retourner. Il lui proposa de faire quelques pas au jardin et elle accepta comme si c'était la chose la plus naturelle du monde. Ils sortirent sur la terrasse, descendirent quelques marches et s'engagèrent lentement dans une allée recouverte de petits cailloux qui crépitaient sous le pied.

« Vous serez sans doute étonnée d'apprendre, dit Mathieu, que je vous ai écrit à de nombreuses reprises alors que vous étiez en Tasmanie, et n'ai jamais reçu de réponse… »

Comme elle ne disait rien, il poursuivit, sur un ton qui se voulait ironique :

« J'en suis venu à croire que les navires portant mes lettres faisaient tous mystérieusement naufrage avant que de parvenir à destination, ou encore qu'il y avait à Hobart deux dames du nom de Sophia Cracroft, et qu'on livrait mes missives à la mauvaise, laquelle, les lisant sans y comprendre un traître mot, ne jugeait point nécessaire d'y répondre… »

Elle resta silencieuse, attendant la suite. Il eut un sourire acerbe mais qui ne gâtait pas ses traits, leur donnant au contraire une certaine fermeté qui leur faisait défaut en temps ordinaire : « Ou que vous aviez cédé aux charmes d'un forçat particulièrement séduisant, et que vous vous consacriez nuit et jour à élaborer avec lui un plan d'évasion, ce qui ne vous laissait évidemment pas le temps de répondre à mes lettres… Ou alors aux attraits d'un valeureux capitaine, car on raconte que vous avez eu moult visiteurs lors de votre exil, et pas des moindres…»

Elle l'interrompit en posant la main sur son bras : «J'aurais dû répondre à vos lettres, Mathieu, je suis désolée de ne l'avoir pas fait. Vraiment. Mais tout est pour le mieux, n'est-ce pas? Vous voilà en tout cas heureusement fiancé… À moins que vous ne soyez maintenant marié?

— Pas encore. Ma fiancée et moi avons résolu d'attendre la fin des rénovations au manoir pour y tenir la cérémonie. Mais cela ne change rien, bien sûr : soyez assurée que mon bonheur ne connaît pas de limite.

— Je n'en doute point.

— Je l'espère bien.»

Il eut un nouveau sourire, moins dur, et invita Sophia à s'asseoir sur un banc de pierre non loin d'une fontaine glougloutant, au pied d'une immense statue représentant un faune à moitié dévêtu.

«Je vous ai aperçue à la réception qu'a donnée lady Cornell en l'honneur des fiançailles de sa fille…

— De *vos* fiançailles, vous voulez dire…

— Comme il vous plaira, de mes fiançailles, de nos fiançailles… Quoi qu'il en soit, vous étiez ravissante.

— Je vous remercie de ce compliment différé de près de deux ans. Vous êtes trop aimable.

— J'aurais voulu venir vous le dire de vive voix, mais je craignais de ne pouvoir me retenir et de vous demander de vous enfuir avec moi... »

Elle le regarda, interdite, se demandant s'il était sérieux ou s'il avait simplement voulu pousser le badinage un peu plus loin. Décidant qu'il valait mieux ignorer cette dernière remarque, elle leva les yeux vers le ciel semé d'étoiles, y cherchant sans s'en rendre compte le S qu'y avait tracé pour elle Francis Crozier quelque sept ans auparavant. Elle ne trouva pas la constellation spécialement créée à son intention, mais envisagea quatre étoiles brillantes traversées perpendiculaire-ment par un trait formé de trois autres étoiles, trait au terme duquel descendaient deux astres plus petits. Au centre du motif, un lointain amas lumineux constitué de points aussi fins que la poussière formait une masse claire sur le noir du ciel. L'ensemble avait très exactement l'air d'une chaise per-cée. Sophia éclata de rire, et sentit presque aussitôt son cœur se serrer.

« Et qu'est-ce qui vous amuse ainsi, très chère? Faites-moi partager votre joie, je vous en prie, exigea Mathieu, visiblement piqué.

— Oh, ce serait beaucoup trop long à expliquer. Mais cessez donc de vous soucier de moi, et épousez votre Albertine l'âme en paix. Soyez heureux.

— Géraldine.

— Pardon?

— Ma fiancée s'appelle Géraldine.

— Eh bien, qu'à cela ne tienne. Épousez Géraldine, allez et multipliez-vous. Et surtout ne vous inquiétez pas de moi. »

Sans un mot, Mathieu partit en faisant claquer ses talons sur le sentier. Sophia resta seule sous le ciel noir à chercher le Cochon, l'Épi de Blé et la Poule et à tenter d'imaginer le profil de Mr. Pincher.

24 mars 1848

Les réserves sont au plus bas, et nous sommes pour l'essentiel réduits à manger les conserves de Mr. Goldner, dont nous ouvrons trois boîtes de vingt livres par jour en espérant pour le mieux. Depuis le début de ce régime, nous avons perdu une vingtaine d'hommes et plusieurs autres ont vu leur état s'aggraver. J'en suis à me demander s'il vau - drait mieux se contenter des maigres rations de biscuit de mer que l'on arrive encore à cuire. Qui sait si ce n'est pas cette nourriture souvent infecte qui est à la source d'une partie de notre mal ? Comme la neige que l'on avale pour se désaltérer et qui ne fait qu'attiser le feu de la soif, parfois jusqu'à tuer. Tout de même, la plupart des hommes choisiront, pour peu qu'on leur donne le choix de mourir le ventre vide ou le ventre plein, de manger ce qu'on pose devant eux sans poser de question. Je ne saurais les en blâmer.

Peddie est mort il y a quatre jours, et je me rends compte que les disparitions sont devenues choses si communes que je n'ai même pas noté la date de celle de MacDonald, survenue il y a une quinzaine. Leur présence à tous deux me manque cruellement, comme au reste des hommes, désormais dépourvus de médecin. Adam semble avoir pris la relève tant bien que mal ; il assure que Peddie lui a confié le contenu de ses fioles et de ses flacons, qu'il distribue parcimonieusement aux malades, lesquels, en tout cas, ne s'en portent pas plus mal. Les réserves de jus de citron sont épuisées depuis plus de trois semaines déjà, mais j'ai l'impression qu'il y a bien plus longtemps que le liquide a cessé de faire effet. Je me réveille tous les matins avec un goût de fer dans la bouche, et je n'ose plus tâter mes dents depuis que j'en ai délogé une d'un coup de langue maladroit. Je sais mieux que quiconque les symptômes du scorbut, qui n'a point de remède parmi la panoplie de sirops, de poudres et de concoctions que nous avons apportée.

— Ma tante ?

— Oui ?

— Puis-je vous déranger un moment ?

— Mais tu ne me déranges pas, mon enfant. Qu'y a-t-il ?

— Comment avez-vous su que vous deviez épouser mon oncle ?

— Et pourquoi cette question ?

— Parce que je n'ai jamais songé au mariage – et je n'y songe toujours pas, pas exactement, mais…

— Et qui donc fait naître ces pensées ? Serait-ce le jeune De Longchamp ? Ne doit-il pas épouser Albertine Cornell ?

— Géraldine.

— À la bonne heure. Ce n'est pourtant pas cette Géraldine qui te fait soudain t'interroger sur le mariage ?

— J'ai lu quelque part que si l'on place un miroir sous son oreiller, on aperçoit au matin du quatorzième jour le visage de celui que l'on doit épouser.

— Voyez-vous ça. Et quel visage as-tu aperçu ?

— Je n'ai pas pu laisser le miroir quatorze nuits, je n'arrivais plus à trouver le sommeil avec cet objet dur sous ma tête…

— Pour ma part, je n'ai jamais, comme tu le sais, prêté foi à ces histoires de bonne femme. Je crois que l'on aperçoit le visage de celui qu'on doit épouser le matin de son mariage, quand on monte l'allée au bras de son père.

— Mais comment sait-on que c'est bien lui?

— L'autre, c'est le pasteur, mon enfant.

— Ma tante, je suis sérieuse.

— Et moi aussi, Sophia. Alors, écoute-moi bien: tu n'as nul besoin de te marier. Ton oncle et moi te laisserons, grâce à Dieu, suffisamment de fortune pour que tu ne sois jamais dans la gêne. Tu peux fort bien tenir maison, voyager, travailler, même, si bon te semble, sans t'encombrer d'un mari. Alors dis-moi pourquoi tu voudrais enchaîner ton destin à celui d'un homme?

— Parce que, de plus en plus, il me semble qu'il l'est déjà.

Stella Maris

Il y a des mois que lady Jane prend d'assaut les officines, qu'elle fait le pied de grue
dans des couloirs mal éclairés et pleins de
courants d'air, qu'elle soudoie sans broncher
secrétaires, aides de camp, majordomes et
autres inférieurs, qu'elle insiste, talonne,
pourchasse, et, toute honte bue, finit par plaider et supplier. Rien n'y fait. L'Amirauté ne
bronche pas. L'expédition n'est pas en danger ; l'expédition *ne peut pas* être en danger.
La fine fleur de la marine britannique n'est
pas près de rester prisonnière d'un territoire
d'où le premier baleinier venu s'extirpe les
doigts dans le nez. Quant aux précédents
échecs, si tant est que l'on puisse parler
d'échecs, ils sont autant de jalons marquant
le progrès de la conquête de ce dernier pan
du globe échappant à l'emprise de la Couronne, et il est inconcevable que les erreurs
commises au cours des siècles derniers ou
des décennies passées soient répétées : indiquant les dangers qui guettent et les écueils
à éviter, elles sont, au contraire, semblables à
des bouées avertissant de la présence de
hauts fonds, garantes du succès de l'entreprise. Il est donc ridicule de songer à dépêcher une expédition de secours. On ne va
pas au secours des héros.

Lady Jane rentre chez elle fourbue, les
chevilles douloureuses d'être restée trop
longtemps debout sur ses jambes où des varices apparaissent qui n'y étaient pas l'année

précédente, la bouche sèche d'avoir parlementé en vain, le cœur empli non pas de découragement, mais d'une volonté qui, d'abord animée par la colère, grandit de jour en jour et se trempe peu à peu d'une sourde haine. On ne se débarrassera pas d'elle ainsi. Ses pieds enflés plongés dans une bassine d'eau chaude où Alice a fait fondre des sels d'Epsom, elle s'installe à son secrétaire pour écrire à ceux-là mêmes qui ont refusé de la recevoir pendant la journée, puis à leurs collègues, à leurs homologues, à leurs supérieurs. Quand ces démarches se révèlent vaines, elle prend la plume pour réclamer l'aide d'amis américains, puis de vagues connaissances, avant de faire appel aux plus hauts gradés et aux chefs d'État de pays amis qui, du moins elle l'espère, exerceront à leur tour des pressions sur la Couronne et l'Amirauté britanniques et réussiront en faisant honte à ces dernières là où elle-même a échoué en en appelant à leur honneur.

Et puis, un matin du mois d'avril, alors qu'elle est assise à la table du petit-déjeuner en compagnie de Sophia qui lui relit la liste de ses rendez-vous de la matinée, elle reçoit la nouvelle qu'elle attendait depuis des mois : Edgar Simonton, cet Américain rencontré dans une auberge du sud de la France il y a de cela des années, accepte de financer une expédition de recherche qui partira dans quelques semaines.

Lady Jane laisse tomber la lettre sur son toast. Elle se repose contre le dossier de sa chaise. Elle voudrait dire à Sophia que ça y est, elles ont enfin réussi, mais elle sait qu'elle n'arrivera pas à émettre le moindre son si elle ouvre la bouche. Elle sent les larmes qui lui montent aux yeux et s'arrêtent quelque part entre la gorge et le nez.

Immédiatement, Simonton prend les choses en main, contacte personnellement armateurs, pilotes et fournisseurs, tandis qu'une armée d'assistants et de jeunes secrétaires se charge d'obtenir les autorisations nécessaires (lesquelles se révèlent fort peu nombreuses) à la mise sur pied de l'opération. Lady Jane le met en relation avec ceux qui, au cours des mois, se sont montrés disposés à lui venir en aide, mais ne peut suivre que de loin les préparatifs dont l'essentiel se déroule sur un autre continent. Fébrile, elle dresse des listes de considérations urgentes, de matériel absolument nécessaire, elle fait expédier des copies des cartes qu'elle a elle-même tracées au cours des trois années précédentes, et dont les dernières montrent enfin, elle en est sûre, le chemin qu'a emprunté son mari. Affolée, elle se rend compte que toute l'affaire lui échappe, lui a déjà échappé, que le sort de sir John repose, inexplicablement, en d'autres mains que les siennes. Moins d'un mois plus tard, tout est prêt, le *Jupiter* s'apprête à lever l'ancre du port de Greenhithe, d'où on larguera les amarres en présence des familles et des amis des disparus qu'elle a personnellement conviés à l'événement.

Au fil des jours, Crozier voit s'accumuler, sur la banquise, un invraisemblable bric-à-brac comme en aurait révélé l'entrepôt d'un magasin général mis sens dessus dessous par des malfaiteurs particulièrement peu soigneux. S'y entassent, baroques, stupéfiants, une foule d'objets dépareillés dont la seule présence au milieu de cet univers de glace est un défi à l'entendement. Passant en revue ces absurdes monticules, il doit étouffer une quinte de rire nerveux, mais il ne peut pour autant se résoudre à ordonner aux hommes hagards et exsangues dont les yeux fiévreux le hantent de laisser derrière eux cet ultime lien qui les rattache au monde qui a été le leur et à l'existence duquel ils tentent de toutes leurs forces de continuer à croire. Ces monceaux de colifichets domestiques sont autant de grigris, c'est l'Angleterre tout entière qu'ils tireront derrière eux, le poids de leur pays dût-il les mener droit à la mort. Parmi ces tas s'empilent, tous proclamant avec éloquence la primauté de la civilisation sur la nature sauvage :

- des couverts d'argent
- des sous-vêtements
- des savonnettes parfumées
- du cirage à boutons
- des brosses à dents
- 4 Bibles
- des pantoufles
- des éponges

- un exemplaire du *Vicaire de Wakefield*
- des boîtes à cigares vides
- des sceaux de cire
- des tringles à rideaux

Ces dernières sont cependant par trop saugrenues. Prenant Fitzjames à part, qui comme lui considère ces montagnes d'objets grandissant d'heure en heure :

« Je sais bien que ces foutues barques sont presque aussi lourdes vides que pleines, et que nous serions bien avisés d'emporter avec nous tout ce dont nous sommes susceptibles d'avoir besoin, mais, sérieusement, James, je crois qu'il nous faut abandonner l'idée de sus - pendre quelque rideau que ce soit pendant les prochaines semaines, voire les prochains mois. »

Fitzjames esquisse un mince sourire, ce qu'il n'a pas fait depuis des semaines.

« Non, Francis, explique-t-il, de tout ce fouillis, ces tringles sont peut-être les seules choses utiles. C'est Adam qui a suggéré de les emporter pour les utiliser en guise de pa - ratonnerre quand nous serons seuls sur une banquise qui s'étire à perte de vue, sans abri, au beau milieu d'un orage électrique. »

Crozier se demande aussitôt pourquoi il n'y a pas pensé lui-même. Du coup, il consi- dère d'un œil neuf le reste des possessions rassemblées ; peut-être chacune d'entre elles sert-elle quelque dessein mystérieux qui lui échappe pour l'instant mais lui sera révélé au moment opportun.

15 avril 1848

J'ai demandé à tous les hommes qui avaient rédigé des journaux, des lettres et des mémoires de me les apporter pour que nous les laissions, bien en vue, dans la cabine de sir John, qui me semble l'endroit où les secours sont le plus susceptibles de venir les chercher. Certains ont refusé farouchement et choisi de confier leurs écrits au feu du poêle de la cuisine. Qu'ont-ils pu noter de si terrible qu'ils préfèrent détruire de la sorte toute trace de leur passage, je l'ignore. Je les ai laissés faire. Qu'importe.

Il y avait cependant quelque chose d'infiniment triste à les voir faire la queue devant l'ogre de fonte, serrant dans leurs bras maigres un paquet de feuilles, des calepins, un cahier tendu de cuir qui produisaient un éclair de brève clarté avant de s'envoler en fumée. Pour être volontaire, cet autodafé n'en est pas moins détestable.

À ceux qui ont accepté de me confier leurs écrits, j'ai fait la promesse de ne point les lire, et j'ai respecté mon serment. Je me suis contenté de déposer sur le bureau et la couchette de sir John, inutilisés depuis sa mort, ces cahiers et ces liasses de feuillets, dont certains sont accompagnés d'une note : « Pour Elizabeth Wilson, 12, Pason Lane, Peterborough » ou « Béni soit celui qui lira ces lignes ».

Fébrile, DesVœux a en outre suggéré que nous laissions un message dans le cairn érigé il y a plus d'un an. Je n'ai pas voulu m'y opposer, même si je n'en voyais guère et n'en vois toujours pas l'utilité. Il a cru bon d'aller chercher le feuillet qui y avait été glissé il y a dix-huit mois de cela pour y tracer, d'une main tremblante, un nouveau message qui s'enroule telle une guirlande autour du précédent. Pourquoi, Grand Dieu, n'a-t-il pas plutôt utilisé le verso encore vierge? Craignait-il que celui qui trouverait le feuillet oublie d'en vérifier l'endos? Le voyant tourner et retourner cette feuille de papier d'un mouvement brusque, un quart de tour chaque fois, pour poursuivre son message, j'ai eu l'impression qu'il devait être en proie à la fièvre depuis plusieurs jours, intuition qui s'est muée en certitude quand j'ai lu les quelques lignes qu'il avait consignées sur le papier, qu'on aurait dites de la main d'un homme ivre. Il y est question, dans un fouillis sans queue ni tête, d'un cairn érigé ailleurs par John Ross, d'un feuillet perdu puis retrouvé, d'une tour disparue. Mais cela aussi est sans importance. Il y a suffisamment de documents à l'intérieur de l'*Erebus* qui attestent de notre présence et détaillent la marche que nous nous proposons de suivre, pour que je ne l'empêche pas de repartir à la course confier aux pierres ces quelques phrases échevelées.

Quant à moi, je ne peux me résoudre à abandonner ni au froid des navires désertés ni au feu ce cahier qui est mon confident depuis notre départ et qui me semble parfois être la seule raison qui explique que je n'aie point encore perdu la raison. Je l'emporterai avec moi, sous ma chemise, avec le daguer-réotype de Sophia.

H. M. S.hips Erebus and Terror
{ Wintered in the Ice in
28 of May 1847 } Lat. 70° 5' N. Long. 98°23' W.

Having wintered in 1846—7 at Beechey Island
in Lat 74° 43' 28" N. Long 91°39' 15" W. After having
ascended Wellington Channel to Lat 77° and returned
by the West side of Cornwallis Island.

Sir John Franklin commanding the Expedition

Commander

All well

WHOEVER finds this paper is requested to forward it to the Secretary of the Admiralty, London, *with a note of the time and place at which it was found*: or, if more convenient, to deliver it for that purpose to the British Consul at the nearest Port.

QUINCONQUE trouvera ce papier est prié d'y marquer le tems et lieu ou il l'aura trouvé, et de le faire parvenir au plutot au Secretaire de l'Amirauté Britannique à Londres.

CUALQUIERA que hallare este Papel, se le suplica de enviarlo al Secretarie del Almirantazgo, en Londrés, con una nota del tiempo y del lugar en donde so halló,

EEN ieder die dit Papier mogt vinden, wordt hiermede verzogt, om het zelve, ten spoedigste, te willen zenden aan den Heer Minister van de Marine der Nederlanden in 's Gravenhage, of wel aan den Secretaris den Britsche Admiraliteit, te London, en daar by te voegen eene Nota, inhoudende de tyd en de plaats alwaar dit Papier is gevonden geworden.

FINDEREN af dette Papiir ombedes, naar Leilighed gives, at sende samme til Admiralitets Secretairen i London, eller nærmeste Embedsmand i Danmark, Norge, eller Sverrig. Tiden og Stædit hvor dette er fundet ønskes venskabeligt paategnet.

WER diesen Zettel findet, wird hier-durch ersucht denselben an den Secretair des Admiralitets in London einzusenden, mit gefälliger angabe an welchen ort und zu welcher zeit er gefundet worden ist.

Party consisting of 2 Officers and 6 Men
left the Ships on Monday 24th May 847

Gm Gore Lieut
Chas F Des Voeux Mate

Ils marchent depuis trois semaines sur la banquise, traînant ces bateaux aussi lourds qu'un monde tout entier, et les relevés qu'effectue chaque jour Crozier, incrédule, révèlent qu'il arrive parfois qu'au bout d'une journée passée à avancer péniblement, le dos courbé par l'effort, dans ce paysage lunaire, non seulement ils n'ont pas parcouru la distance prévue mais ils ont reculé, la glace se déplaçant au gré d'un courant défavorable. Sans doute leurs instruments ne sont-ils pas absolument fiables, faussés peut-être par la proximité du pôle magnétique, voire par la quantité de ferraille qu'ils traînent derrière eux comme l'ombre encombrante du pays quitté qu'ils se refusent pourtant obstinément à abandonner. Il est donc impossible de savoir exactement où ils se trouvent, et cela ne change rien à rien, car ils savent bien qu'ils ne sont désormais plus tout à fait sur cette Terre.

Il faut parfois des heures pour franchir quelques mètres sur une glace qui semble s'être repliée sur elle-même et chiffonnée comme un monstrueux bout d'étoffe, et qui forme d'énormes vagues solides aux arêtes tranchantes sur lesquelles il faut faire basculer les bateaux pour pouvoir continuer. Ailleurs, la glace s'est transformée en une sorte d'épaisse bouillie qui entrave leurs pas, dans laquelle ils enfoncent jusqu'aux genoux.

Vingt-deux hommes ont rebroussé chemin la seconde semaine de leur marche et sont repartis vers les navires après d'âpres discussions, emportant avec eux une chaloupe contenant une partie des provisions, Des-Vœux à leur tête. Dieu ait pitié d'eux. Ceux qui sont restés se demandent parfois ce qu'il est advenu des autres, s'ils ont réussi à regagner le *Terror* et l'*Erebus,* s'ils sont également tenaillés par la faim, s'ils ont été retrouvés par une expédition lancée à leur recherche, s'ils sont toujours de ce monde.

Le cortège s'amincit de jour en jour. Tous ont du mal à marcher, ils ont les muscles à vif, sont rendus à demi aveugles par le soleil dont l'éblouissante clarté se réfléchit sur la neige qui les entoure encore de toutes parts. Ils sont affaiblis, affamés, mais non pas désespérés puisque envers et contre tout ils continuent à avancer, même quand leur marche les éloigne du but qu'ils sentent confusément ne jamais devoir atteindre.

Les hommes tombés ne sont plus enterrés ; on n'a plus le temps ni l'énergie de creuser le sol glacé pour leur offrir une sépulture. On se contente de les recouvrir de neige et d'empiler à leur tête un petit amas de pierres ramassées non loin, comme un tumulus signalant la présence d'ossements préhistoriques. Après trois ou quatre heures seulement, leur peau prend une teinte bleutée qui rappelle le cuir de quelque mammifère marin.

Crozier prononce quelques mots, toujours les mêmes, pour confier leur âme à Dieu et demander miséricorde pour les vivants, et dépose sous une pierre une feuille de papier où sont inscrits le nom, l'âge et le poste du défunt, ainsi que l'itinéraire que lui s'apprête à suivre en compagnie des survivants. Il espère malgré tout que ces cairns improvisés sauront guider les sauveteurs jusqu'à eux avant qu'il ne soit trop tard mais, au fond de son âme, il sait que ce chemin tracé par les dépouilles de ses hommes ne peut être un chemin de vie. La dernière fois qu'ils ont ainsi laissé un des leurs derrière, étendu raide sur le sol froid, Crozier s'est retourné pour voir la note qu'il avait écrite d'une main tremblante s'envoler, blanche contre le ciel.

— Thomas?

— …

— Thomas, tu dors?

— …

— Thomas?

— … Oui.

— Tu dormais?

— Non.

— Tu as froid?

— Non.

— Tu peux bouger les jambes, Thomas?
Fais remuer tes pieds un coup.

— …

— Allez, un effort, remue-les juste un petit
coup.

— …

— Ça n'est pas grave. Repose-toi. On rées-
sayera plus tard, quand tu te seras réchauffé
un peu. Tu as soif?

— Non.

— Je l'ai vue, Thomas, je l'ai vue pour de
vrai, cette fois…

— …

— La dame en blanc, tu sais bien… Celle dont on nous promettait la visite tous les jours sur le pont. Eh bien, elle est plus belle encore que je ne l'aurais cru, avec une peau fine comme du verre, et une voix très douce. Elle m'a parlé, Thomas, elle m'a dit que je viendrais bientôt la rejoindre, et qu'elle m'attendait. Ferme les yeux, Thomas, et tu la verras aussi, avec sa longue robe blanche comme la neige…

— …

— Elle nous attend, Thomas, elle t'attend… Tu la vois ?

— …

— Dors, maintenant.

Il fait gris en ce 8 mai 1848 alors que le *Jupiter* s'apprête à appareiller. Sur les quais s'entasse une foule clairsemée et grelottante. Les femmes ont les traits tirés, les enfants tapent du pied et demandent à rentrer. Sur l'eau comme à terre souffle un vent froid, et quelques gouttes de pluie tombent du ciel boursouflé de nuages. L'équipage est rassemblé sur le pont, d'où il salue solennellement. Lady Jane aperçoit, un peu en retrait, accoudé au bastingage, Mr. T., un sourire béat sur son visage rond, qui hume déjà l'air du large. Puis le vaisseau s'ébranle, Simonton crie quelque chose que l'on n'entend pas, les hommes qui font au revoir de la main rapetissent jusqu'à n'être plus que de minuscules formes sur un bateau pas plus grand qu'un dé à coudre. Sur le quai, il ne reste plus que Sophia et lady Jane, Mr. Bingley et Mr. Darcy.

11 mai 1848

Les nuits sont plus difficiles encore que les jours. Les hommes creusent des abris rudimentaires dans la neige, ou se blottissent dans les chaloupes où le matin les trouve couchés en chien de fusil, serrés les uns contre les autres, grelottants, au milieu de l'invraisemblable bric-à-brac.

L'étoile polaire brille pendant la nuit entière, guide inutile. Celle que l'on nomme l'étoile de la mer est semblable à un petit œil toujours ouvert, impassible, au-dessus de nos têtes. C'est le plus souvent la nuit que l'on meurt, seul au milieu de ses semblables perdus dans leurs cauchemars. Parfois on n'arrive pas à déplier les corps gelés et on les confie ainsi à la terre, les genoux contre le menton.

Au matin, les muscles sont raides, les articulations douloureuses, le moindre effort est un supplice. Hier, quatre matelots ont refusé de se remettre en route. Ils sont restés assis dans la neige, hébétés, contemplant d'un regard vide les provisions et les quelques outils que j'ai ordonné qu'on leur laisse. L'un d'eux s'accrochait désespérément à une fourchette, qu'il tenait serrée dans sa main droite ; un autre se balançait d'avant en arrière, sourire aux lèvres, en chantonnant à voix basse.

18 mai 1848

Il y aura demain trois ans que nous avons quitté Greenhithe. Nous aurons fait trois fois le tour du soleil, et serons en même temps restés cruellement immobiles.

Nous avons monté une tente où nous laisserons ceux qui ne peuvent plus avancer. Nous y avons passé une dernière nuit avec eux avant de nous remettre en route, avec l'impression – juste, trop juste – de veiller un agonisant qu'on abandonnera le matin à la mort qui le guette. Nous leur céderons plus de la moitié des provisions, des fusils et des outils, mais ils sont à ce point affaiblis qu'ils seront incapables de chasser comme de pêcher, l'eussent-ils jamais appris, ce qui n'est pas le cas. La plupart ont même du mal à faire quelques pas. Ils ont demandé qu'on leur laisse Neptune, mais à l'éclat de leurs yeux à ce moment-là, j'ai compris qu'ils n'en désiraient ni la compagnie ni la protection, mais bien la viande. Je ne leur laisserai pas le chien. Je ne leur laisserai pas le chien, mais j'abandonne pourtant à des hommes affamés d'autres hommes sans défense. J'ai regardé une dernière fois cette nuit le visage de ceux que je ne reverrai sans doute plus, dont j'avais la charge et que j'ai conduits à leur mort dans ce pays de glace. Ils ont le nez, le front, les joues noircies par le froid qui leur a ravi des orteils, des doigts, une oreille. Leurs dents se déchaussent dans leurs gencives sanguinolentes. Certains ont à peu près perdu la vue, victimes de la cécité des neiges qui afflige les yeux fatigués de trop de blan -

cheur. Ces êtres désormais presque totalement dépouillés de ce qui faisait d'eux des hommes, édentés, incapables de se nourrir et de se déplacer, semblent revenus par quelque horrible ironie du destin au stade de nourrisson ; ils quitteront ce monde comme ils y sont entrés, dépossédés de tout.

Je n'ose imaginer ce qui adviendra d'eux dans les jours qui viennent.

Tout ce que je puis espérer, c'est que la mort leur sera douce.

Quelques-uns pleurent à voix basse tandis que nous nous préparons à partir dans l'aube blême. D'autres geignent, ou laissent échapper des plaintes qui n'ont plus rien d'humain. Nous partons sans nous retourner.

21 juin 1848

Nous devons de nouveau laisser de nos compagnons derrière nous, sans même une tente pour les protéger des éléments, ni provisions dignes de ce nom pour les garder en vie en attendant que nous revenions avec des secours, ou qu'une bande d'Esquimaux les prennent sous leur aile, ou qu'une expédition de recherche les découvre.

Pour tout abri, nous leur abandonnons la dernière chaloupe, trop lourde du reste pour être tirée par trois hommes, et l'essentiel de ce qu'elle contient : du thé, du chocolat, d'inutiles boutons de manchette et une Bible qui a miraculeusement survécu aux tris et aux élagages successifs. Wilks me fourre dans la main un bout de papier dont je crois d'abord qu'il s'agit d'une lettre adressée à sa fiancée, à laquelle il veut faire ses derniers adieux. Le dépliant, j'y découvre quelques lignes tracées d'une main tremblante :

Il doit y avoir quelque sens à cela, mais je n'ai pas le temps d'élucider le message et je me contente de plier le bout de papier avec précaution et de le glisser dans ma poche comme s'il s'agissait d'un talisman. Fitzjames et Adam prodiguent inutilement quelques derniers soins à ceux que nous abandonnons au froid.

Il me vient à l'esprit aujourd'hui seulement, tandis que nous continuons notre marche dont nul ne sait si elle nous mène droit à la mort ou nous conduit au salut, que nous avons franchi depuis plusieurs jours déjà ce passage à la recherche duquel nous sommes partis il y a plus d'un millier de jours. Il ne figure sur aucune carte, n'est tracé sur nul plan ; rien ne témoigne de son existence hormis, de loin en loin, les corps de ceux qui sont tombés et ne se sont pas relevés.

Hornby et Thomas sont conscients lorsque nous partons, et ils nous regardent disparaître, les yeux grands ouverts.

Nous ne sommes plus que trois désormais sous le blanc du ciel.

Ce matin-là, lady Jane se leva de bonne heure, expédia rapidement et sans grand plaisir le petit-déjeuner, qu'elle prit seule, Sophia n'ayant trouvé le sommeil qu'à l'aube. Elle eut tôt fait de s'habiller et de donner aux domestiques leurs instructions pour la journée. À dix heures à peine, alors qu'un faible soleil de printemps entrait par la fenêtre, diffusant une lumière blafarde, elle était installée à son pupitre, plume à la main. Seulement voilà, pour la première fois depuis le départ de sir John, les mots lui manquaient, l'inspiration ne lui venait pas, les idées ne se bousculaient point dans son esprit d'où elles jaillissaient habituellement comme d'une source intarissable.

Elle resta un long moment interdite, puis se força à coucher quelques platitudes sur le papier ; elle le chiffonna presque aussitôt pour en faire une boule qu'elle jeta par terre, où elle atteignit Mr. Darcy sur le museau. Le chien poussa un petit cri et s'en fut d'un pas digne.

L'irritation de lady Jane menaçait de faire place à la colère. Elle inspira profondément, examina autour d'elle le boudoir où ses trésors étaient exposés, considéra d'un œil mi-sévère mi-satisfait les liasses de lettres, de cartes, de plans, de dessins et croquis qu'elle avait réalisés au cours des dernières années et dont, si elle avait pris soin de faire des doubles qu'elle avait confiés à Mr. Simonton,

elle gardait précieusement les originaux par-
devers elle.

Un sentiment vertigineux l'envahit et elle
voulut se secouer. Dans un mouvement d'impatience, elle renversa la tasse de thé qu'elle
avait posée sur le pupitre et regarda, comme
hypnotisée, le liquide ambré se répandre
sur ses cartes, brouillant les délicats tracés
d'aquarelle qu'elle y avait dessinés au fil
des ans. Fleuves, montagnes, détroits, lacs et
rivières, côtes, îles et péninsules réels ou
imaginaires se fondirent en une seule tache
liquide qui noya le territoire arctique tout
entier.

NOTE DE L'AUTEUR

Le récit qui précède ne se veut pas autre chose qu'un roman ; s'il est en partie inspiré d'événements véridiques et si plusieurs des personnages sont basés sur des personnes réelles, il ne prétend ni à l'objectivité ni à l'exactitude historique et appartient tout entier au domaine de la fiction.

J'ai cependant consulté, en plus des ouvrages contemporains consacrés à l'expédition Franklin et au passage du Nord-Ouest, un certain nombre de volumes anciens traitant notamment d'électricité, de magnétisme et de voyages d'exploration. Il est certains passages découverts dans quelques-uns de ces livres que je n'ai pu résister à l'envie de transcrire fidèlement pour les donner à lire tels qu'ils avaient été rédigés à l'époque, me bornant, lorsque c'était nécessaire, à les traduire en français :

Le tout premier paragraphe du roman, où il est question de la possibilité de congeler l'eau de mer, est tiré presque textuellement de *Discovery and Adventure in the Polar Seas and Regions : with illustrations of their climate, geology; and natural history,* publié par sir John S. Leslie en 1881, d'où proviennent également les instructions de John Barrow à John Franklin.

Le lecteur aura reconnu dans « Le Voyage dans la Lune » une (bien pauvre) adaptation dramatique des *États et Empires de la Lune,* d'Hector Savinien de Cyrano de Bergerac.

La présentation et le bref extrait de *The Veils* ont été publiés en 1815 par Eleanor Porden, qui devait plus tard épouser John Franklin.

Les quelques lignes attribuées à James Ross ont été tirées de son journal, que cite Pierre Berton dans *The Arctic Grail.*

J'ai trouvé dans le volume deuxième des *Leçons sur l'électricité et le magnétisme* d'Éleuthère Élie Nicolas Mascart et J. Joubert (1882) les illustrations d'instruments utilisés pour procéder aux relevés magnétiques, de même que les explications et formules relatives audit processus.

Le document rédigé en six langues sur lequel les membres de l'expédition ont rendu compte à deux reprises de leurs progrès a été découvert en 1859 à Victory Point, dans l'île de King William (que l'on appelait à l'époque King William's Land, puisqu'on ne découvrit que plus tard qu'elle était entourée d'eau). Il s'agit de l'un des seuls documents écrits qui témoigne du sort des hommes de l'expédition toujours vivants le 25 avril 1848. Une autre note a été retrouvée près d'un squelette vêtu d'un uniforme de steward non loin de l'embouchure de la rivière Peffer ; écrite à l'envers, elle consistait en quelques lignes reproduites en page 332. Les mots « *Oh Death, where is thy sting* » (Mort, où est ton aiguillon ?) sont tirés de Corinthiens, 15 : 55.

J'ai également eu recours à quelques autres sources tant linguistiques que gastronomiques :

La définition du mot «thé» que Crozier découvre dans un dictionnaire étymologique est, à peu de choses près, celle que donne le *Robert historique de la langue française*.

Ceux qui souhaiteraient se lancer dans la confection d'un plum-pudding trouveront à l'adresse www.theworldwidegourmet.com une recette voisine de celle fournie aux pages 272-273, ainsi qu'une version «rapide» – laquelle nécessite sept heures de préparation plutôt que vingt et un jours.

Merci à Nadine Bismuth, François Ricard et Yvon Rivard, qui ont été les premiers à lire le texte et dont les commentaires ont contribué à l'améliorer grandement. Merci à Jean Bernier pour son farouche amour de Bach, à Éric Fontaine, brièvement redevenu correcteur d'épreuves malgré lui, et à Isabelle Tousignant, modèle de patience. Merci enfin à Antoine Tanguay dont la confiance et l'enthousiasme sont contagieux, et qui a fait de ce manuscrit un livre.

Merci à Fred pour tout, et pour toujours.

Composition : Isabelle Tousignant

Conception graphique : Antoine Tanguay et Hugues Skene

Diffusion pour le Canada : Gallimard ltée
3700A, boulevard Saint-Laurent, Montréal (Québec) H2X 2V4
Téléphone : 514-499-0072 Télécopieur : 514-499-0851
Distribution : SOCADIS

Éditions Alto
280, rue Saint-Joseph Est, bureau 1
Québec (Québec)
G1K 3A9
www.editionsalto.com

ACHEVÉ D'IMPRIMER
CHEZ TRANSCONTINENTAL
LOUISEVILLE (QUÉBEC)
EN AVRIL 2010
POUR LE COMPTE DES ÉDITIONS ALTO

Dépôt légal, 2e trimestre 2010
Bibliothèque et Archives nationales du Québec